雲中歌

桐華◎著

卷五

恨酬江山月

雲中歌

卷五 恨酬江山月

目錄

第三十九章 慧極必傷、情深不壽

「陵哥哥，陵哥哥……」
他在疼痛中昏迷，墜向黑暗，
卻在她的語聲中，靠著眷念不捨，
一次又一次地熬過椎心疼痛。

樹上的葉兒快落盡時，劉弗陵離開了長安未央宮，移居驪山溫泉宮。

大部分的事情，他已經不再親理，每日只在溫泉宮內接見幾個大臣，政事都交托給霍光、楊敞、張安世、雋不疑四位議政大臣處理。

在議政大臣的選任上，朝堂內起了不少風波。忠於皇權、或者對霍氏有怨的人拚盡全力想維護皇族的利益，力爭剛調回京城的趙充國將軍能被皇上委任，而霍氏集團則全力排斥趙充國將軍。激烈鬥爭後，霍光、楊敞、張安世、雋不疑四人被任命為議政大臣，這樣的結果令很多人心寒。

丞相楊敞是霍光挑選出的牆頭草，哪邊風順向哪邊倒。

右將軍張安世雖不至於像前丞相田千秋一樣對霍光畢恭畢敬、唯唯諾諾，可也從沒違逆過霍光。

至於京兆尹雋不疑，朝堂百官都知道他仕途的轉捩點是「衛太子冤魂」事件。雋不疑少年時就才名在外，暴勝將他舉薦給先帝劉徹，劉徹雖封了他一個官職，卻一直未真正重用過他。劉弗陵繼位後，誇讚過雋不疑的才華，可也從未給他升過官。長安城門驚現「衛太子冤魂」事件後，雋不疑反應迅速、處理得當，將慌亂化解到最小，得到了霍光的注意。霍光向皇上進言，當即將雋不疑擢為京兆尹，負責審查「衛太子冤魂」案，雋不疑不負霍光賞識，行事果斷嚴厲，將冒充衛太子的人斬殺在鬧市警眾。自此，雋不疑才真正開始成為漢朝重臣。

這樣的四個議政大臣，以後的政事誰說了算，還不明白嗎？

遠離了長安，似乎也遠離了矛盾和煩惱，至少對雲歌而言是如此。

以前陵哥哥一日的時間中，真正能給她的很少。常常是，她早上起來，他已經離去，直到深夜，她才能見著他。而如今，他將他的全部時間都給了她。

沒有了宮規限制，不必擔心暗中的窺伺，更不用畏懼不知的危險，他和她過起了尋常夫妻的日子。

雲歌洗手做羹湯，他看書、寫字、作畫、吹簫。

兩人手牽著手，在山澗漫步，看溪流，看瀑布，看雲起，看霞飛，或者什麼都不看。

雲歌教他如何做陷阱捉鳥，最後，師父才捉了三隻，徒弟卻捉了九隻。

他教雲歌如何刻印章，雲歌總是將刻刀的刀刃弄斷，一個字未雕成，後來卻擁有了一枚世上最精緻的玉印。

一次，兩人雅興大發，天不亮就起床去收集竹葉上的露水，拿回來煮茶，忙了幾個早上，終於收齊露水喝到了茶，卻齊齊感嘆「味道不過如此！不值得！」第二日，兩人睡到日過正午，才肯起床。

他們還一起浸溫泉。

劉弗陵以前一直不明白父皇為何將溫泉池修得如此古怪，特意安放了玉枕，卻位置奇特，特意修了玉榻，還不只一個，可式樣古怪。至於別的東西，他更是沒看懂過有什麼用。當然，他也從沒有想過去弄懂，以前每次來驪山，他都只是在池邊，靠著玉枕靜靜休息，人雖在溫泉中，心卻繫天下。

可雲歌不同，她不是泡溫泉，而是在溫泉裡面游來游去，對所有不能明白的東西都好奇，都想弄明白。雲歌心思聰慧怪異，有一般少女所沒有的大膽熱情，還有不達目的不甘休的堅持，在她孜孜不倦的探索下，羞紅著臉的低低細語中，他也漸漸明白了溫泉中所有設置的功用和深意。

一日午後，殘酒剛醒，他信手塗了一幅畫。

一池青波蕩漾，兩隻鴛鴦共戲。一隻在水面，一隻半沉在水底。側角題了一句「憶來何事最銷魂」。

雲歌看到後，先是羞惱，奪了畫要去撕，劉弗陵笑看著她，並未打算阻攔。

不料雲歌眼珠一轉，拿起細看，霞染雙頰，唇角微翹，似笑似怒，「夫君既如此『喜歡』，以後就每次都畫一幅吧！」

劉弗陵臉上的笑頓時僵住，雲歌卻捧腹大笑。

山中日月竟如梭，劉弗陵只覺得每日的時間都那麼短。在他的一生中，他從未如此盼望過時光能慢一些，可光陰卻越發匆匆。

他心痛的次數越來越頻繁，疼痛也越來越劇烈，已經瞞不住雲歌。

萬箭鑽心般的痛苦，讓他的身體根本不受自己控制。輕時，四肢痙攣，重時，全身都會抽搐。

劉弗陵先前還很擔心雲歌，可後來發現，每一次發病，雲歌都未顯驚慌，她總是很平靜地抱著他，在他耳旁輕輕說著話，有時候是個故事，有時候是個笑話，有時候是一首詩，有時候什麼都不是，只是一遍遍喚著他的名字：「陵哥哥，陵哥哥……」

他在疼痛中昏迷，墜向黑暗，卻在她的語聲中，靠著眷念不捨，一次又一次地熬過椎心疼痛。

他答應過她，要在雪落時陪她堆兩個雪人。

可當冬天的第一場雪飄落時，他已經行動困難，不能再陪她去外面散步，堆雪人成了永不可能實現的諾言。

他望著雪，心下黯然，雲歌卻笑偎在他身邊說，「這麼冷的天，躲在屋子裡擁爐賞雪才好。」

在她的笑顏中，他心裡釋懷的同時，湧起了苦澀。

他命劉賀來見他，兩個人在屋裡單獨談了兩個時辰。劉賀出來時，臉色難看，眼中有迷茫、不解，以及不平。

隨從小聲說：「王爺，雪飄得大了，不如改坐馬車回長安。」

一句普通的話語，卻讓他呆呆站在了殿門口，眺望著遠方的路，似乎不知道該作何抉擇。隨從不敢催他，也只能一動不動地站著。

雲歌抱著個食盒快步而來，怕食物變冷，還特意用斗篷捂在懷中，突地看見遠處一個頭髮眉毛皆白的人立在雪中，身後還有一群「雪人」畢恭畢敬地躬身而站。

雲歌繞了一下路，走了過去。

「大公子，迎風賞雪倒是風流雅事，不過你自個兒風雅也就行了，何必強讓別人陪你一塊呢？」

劉賀這才發覺身後的隨從，揮了揮手，讓他們到屋廊下候著去。他上下打量了一番雲歌，笑起來，笑容很是意味深長，雲歌被他笑得莫名其妙。

「你笑什麼？我怎麼了？」

「我笑妳梳錯了頭髮，都進了我劉家的門，怎麼還一副姑娘的打扮？」

雲歌整張臉「騰」地紅起來。羞歸羞，氣勢卻是不弱，惡狠狠地瞪著劉賀，「一雙賊眼睛，整天就知道瞄女人！哼！你若再敢對長輩不尊，胡搗蛋，我可叫他打你板子了！」

劉賀大笑起來，只是笑聲雖洪亮，卻聽不出一點歡愉的意思。

「你怎麼了？有什麼煩心事嗎？」

劉賀吊兒郎當地看著她，笑嘻嘻地說：「我能有什麼煩心事？我啊！我快樂得不得了。妳懷裡鼓鼓囊囊，抱著的是什麼？」

「我做的菜。」

劉賀一聽來了興致，「自從雅廚消失，我可是很久沒吃到一口像樣的菜了，都有什麼好吃的？」

雲歌將食盒遞給他，「紅衣姐姐呢？」

「在山下。」

「那你帶下去，和她一塊吃點吧！順道幫我給她帶聲好。」

食盒不大，卻很精巧地做了兩層，第一層放了兩道菜，明月鴿松、翡翠玉帶。明月鴿松鮮嫩清香，翡翠玉帶色澤明豔，讓人一看就生食欲。第二層放了三道菜，一盤五色雜飯，一盤盛放著兩個滾圓的團子，只聞幽幽清香，卻看不出來用什麼做的，還有一盤看著像紅霞白雲湯，可紅霞白雲湯應該是湯水，這盤菜卻是晶瑩剔透的凝膠狀。

「這究竟是不是紅霞白雲湯？」

「算是，也不算是。前面的用料都一樣，挑選色澤鮮豔的陳年臘肉，配豆腐做湯，不過湯料裡加了一味比較奇怪的東西。」

「什麼？」

「桃樹的樹枝上常會有一種液體流出，乾後凝結成半透明的膠體。『桃膠』剛流出時清香撲鼻，比桃花還香，把分泌不久的桃膠採集回來，放置在密閉的瓦罐中保存，入湯、入菜皆可。」

劉賀嘖嘖稱奇，用此入菜，第一次聽聞，虧雲歌想得出來。

「這是什麼？聞著有股梅花的香味。」

「雪醉梅蕊，把南邊進貢的一種稻穀磨碎成粉，用陳年的梅花酒作引，入口軟糯，只是不易消化，所以不可多吃。吃的時候，用銀刀從中間切開，還可以看到兩朵梅花並蒂開放，配著外面的白色，就好像開在雪中的梅花。」雲歌一面說著，一面去蓋食盒，「小心涼了，要吃就快點去吃。」

雲歌在這些菜中花費的心思非同一般，看她先頭還珍而重之地捂在斗篷下，現在卻是說給就給，毫無猶疑，劉賀笑問：「我和紅衣吃了，你們吃什麼？」

雲歌笑咪咪的，眼睛彎彎如月牙，「宮裡還有大廚房，我們就將就一頓吧！只望你吃了美食後，能真心笑一笑，不要再那副皮笑肉不笑的樣子，看得人……」雲歌做了個打寒戰的動作。

劉賀腦子裡閃過月生醉酒的畫面，「她……她笑起來時，有一雙像月牙一樣彎彎的眼睛；說話時，像駝鈴一樣好聽；站在那裡時，像一棵樹一樣漂亮……」

他當時嘲笑月生，「駝鈴是什麼？就是銅鐵的鈴鐺，那聲音好聽嗎？銀鈴一樣的聲音還差不多。女人像樹一樣，能漂亮嗎？像花一樣才算漂亮。」後來才明白，對曾在沙漠中掙扎過的人而言，駝鈴聲就是人間最動聽的聲音，綠樹就是世上最動人的景色。

「月賢弟，你不會是看上人家小姑娘了吧？難怪我送給你的姑娘，全被你退回來了。你放心，只要你喜歡，她就是天上的七仙女，我也給你弄來……」

一句玩笑，卻讓醉意闌珊的月生勃然大怒，人都立即被氣清醒了。

「你胡說什麼？你以為人人都像你？當年我年紀小，又因為吃了不少苦，性子偏激狹隘，人家救了我，我卻連謝都不肯說，這些年道理懂得越多，越是愧疚，我是真心感激他們。」

看著月生鐵青的臉，他知道他說錯話了，以月生的性格，若真喜歡一位姑娘，反倒一句話都說不出來。他連忙又是鞠躬，又是作揖，「對不起，對不起，是我言語造次了。」

……

「喂！你在想什麼？」雲歌在他眼前搖手，「你今天究竟怎麼了？」

「不小心想起了一位故人。」劉賀搖搖頭，高聲朗笑起來，「好！我收下妳的食物，不過我也不會白收妳的東西，所以就不謝妳了。就此告辭，來日有緣再會。」話一說完，他就笑著向山下大步行去，在屋簷下躲雪的隨從們忙跟上去。

漫天雪花中，他快速地遠去，似乎仍能聽見他的笑聲，可那笑聲伴著風雪，總覺得透著股悲涼無奈，似壯士斷腕，又似英雄末路。

雲歌不解地望著劉賀的背影，卻沒有時間多想，她的心中裝滿了另一個人的身影，未等劉賀走遠，她就返身向大殿內跑去。

劉賀這一去，沒有返回長安，而是直接回了封地昌邑國。

劉弗陵又命劉詢來見他。

雪已經落了兩日，卻仍落個不停。山道難行，劉詢棄馬步行，到半山腰時，有宦官出現，命劉詢的隨從止步，只准他一人上山。何小七想開口理論，被劉詢看了一眼，只能安靜退下。

宦官朝劉詢淡淡點了下頭，人隱回了林中。

蜿蜒的山道上只剩了劉詢一人，抬頭望去，天地皆白，紅塵空無一物。

因為大雪，溪水封流，鳥獸隱蹤，世間唯一的聲音就是雪落的簌簌聲。

在簌簌聲中，劉詢走了一個多時辰，才到山頂。往日色彩華麗的溫泉宮被白雪換了顏色，一座銀裝素裹的宮殿佇立在白茫茫的天地間，素淨得讓人心頭壓抑。

接待的宦官都神色陰沉，不苟言笑，劉詢也步步小心，言語謹慎。

忽看到山坡上，一個人身披大紅斗篷，懷裡抱著幾株怒放的紅梅，沿坡而下，劉詢只覺天地頓亮，胸中的壓抑不知不覺中就散了許多。

因為梅花太多，將頭和臉都遮了去，看路很不方便，雲歌一面小心翼翼地下山，一面又要小心懷裡的梅花別被傷著。幾處石塊上的雪已結成冰，石塊本身又有些鬆動，她腳下一滑，人就跌在了雪地上，跌跌撞撞地滑了下來。

劉詢和他身前領路的宦官都是大驚，同時向前飛掠而出，宦官雖然人在前，卻後於劉詢到。

劉詢半抱半扶地去接雲歌，雲歌大叫：「別傷到我的梅花！」劉詢忙胳膊使力，避開梅花，將雲歌側攬到了懷中，入懷處，只覺得幽香撲鼻，也不知道究竟是花香，還是人香。

雲歌立穩了腳，先探看梅花，見沒事，方笑著和劉詢說：「多謝大哥。」

劉詢問：「雪路難行，怎麼不叫個人陪妳去折梅？」

雲歌淡淡一笑，「我喜歡自己做這些事情。」

劉詢還想說話，一旁的宦官陰沉沉地說：「皇上等著見侯爺呢！」

雲歌道：「你下去吧！我正好要過去，和大哥同路。」

雲歌發話，宦官不敢再多說，行了一禮後，安靜退下。

劉詢想幫雲歌拿梅花，雲歌盈盈一笑，說了聲「多謝」，卻未接受他的好意。

行到正殿，雲歌小聲問六順，「裡面還有人嗎？」

六順點點頭，「幾位大人仍在。」又對劉詢行禮說：「侯爺略微等一會兒，奴才這就進去稟奏皇上。」

劉詢暗驚，皇上還召見了別人？他在長安城內並沒有聽聞此事。

片刻後，六順返來，對劉詢說：「皇上命侯爺進去。」

雲歌眼巴巴地盯著六順，六順笑道：「幾位大人已經不在殿內了，不過皇上可不知道姑娘也等著見皇上呢！」

雲歌隨著劉詢向殿內行去，「大哥不會介意我占用一點他的時間的。六順，去找個花瓶拿進來。」

劉弗陵靠坐在榻上，臉容清瘦，神情倦怠，可眉目中卻有劉詢從未見過的平靜喜樂。

劉弗陵看到雲歌，眼內已再無他人，一邊幫雲歌撣斗篷上的雪，一邊笑著說：「一場雪竟已經把山後的梅花催開了。」

劉詢靜靜磕了頭後，自行坐到一邊。

雲歌一邊插花，一邊笑著說：「是呀！幾株樹開得可好了，不過，我已經把最好的都給摘回來了，眾人賞，不如我們獨自賞。」

雲歌插好花，將瓶子捧放到窗下，恰能讓劉弗陵一抬眼就看見。她推開窗戶，天地頓從窗入：漫天雪花輕捲，紅梅迎雪怒放。

劉弗陵靜靜看了片刻，含笑點點頭，雲歌將窗戶關上。

雲歌指指花，指指自己，劉弗陵含笑搖頭，雲歌皺眉。劉弗陵招手讓雲歌過去，將雲歌插花時掉落在案上的幾朵梅花，仔細插到雲歌髻中，端詳了一陣，唇角蘊笑，敲了下雲歌的額頭。

雲歌側頭一笑，喜孜孜地出了屋子。

兩人未置一語，可一舉一動，似已將一切說明。一個未見頹喪，一個也未見哀淒，只是在有限的時間中，盡力共用著世間的美麗。

劉詢來之前，不是沒想過皇上和雲歌現在的情形，可怎都沒想到竟是這樣。死亡並不見得痛苦，等待死亡卻一定很痛苦，若非他肯定皇上的病況，一定不會相信這兩人是日日生活在死亡的陰影下。

劉弗陵命殿內所有人都下去。

劉詢恭敬地垂目靜坐，似乎等著隨時聽候皇上吩咐。

劉弗陵淡淡目視著他，無甚喜怒，「朕還記得第一次見你時，你正在看《史記》，說『近來喜讀先帝年輕時的事情』，你和朕說說你的心得。」

劉詢有點怔，記得那也是個天寒地凍的日子，當年還是一介寒衣，今日已是皇家貴胄，中間發生了太多事情，好似十分久遠，仔細一想不過才一年。

劉詢想了會兒後，謹慎地說：「其實也就四個字『隱忍』，『謀劃』。」當年，竇太后把持朝政，劉徹日日沉迷於打獵遊玩，又召了一幫年輕人陪他胡鬧，竇太后看他如此，殺心才稍減，不料就是這幫胡鬧的年輕人成了後來威名震天下的羽林軍。

劉弗陵微笑：「你謀劃做得還算過得去，隱忍的功夫卻實在太差。心太急，太害怕失去，手段太毒辣，連『謀定、後動』都算不上。劉賀行事比你周全穩妥許多，法理人情兼顧。」

劉詢袖中的手不自禁地拳到了一起，力持鎮定地說：「田千秋的事情，是臣辦事經驗不足，是臣的錯。王叔自幼在天家長大，見識氣度都非臣所能及，臣在市井中長大，有時候行事不免偏激，臣日後會改，會好好跟著王叔辦事。」說著就向劉弗陵重重磕頭。

劉弗陵想起身，身子一軟，沒坐起來，輕嘆了口氣，「詢兒，你過來。」

劉詢聽到劉弗陵的「詢兒」，心頭竟是莫名一酸，他這一生，幾曾真正做過孩子？

他扶劉弗陵從榻上起來，行到大殿一側，只看整個牆上掛著一幅碩大的羊皮地圖，繪製著漢家江山。山巒、河流、大地、城池都用不同的顏色標注出來，各地的人口也在一旁有注明，讓看者陡然生出俯瞰天下的感覺。

劉弗陵問：「江山為何多嬌？」

劉詢回答得很快，「因為人。很多人喜歡看崇山峻嶺，黃河咆哮，臣卻自小就喜歡看河道上的船來船往。艄公的號子，漁女的歌聲，還有河岸兩邊的叫賣聲，都讓我覺得歡喜。沒有人的河流太安靜，沒有人的城池是死城，沒有人，就沒有秀麗江山。」

劉弗陵點頭，「因為百姓，才有江山，所以治理江山一定要有一顆仁心。善待百姓，讓百姓安居樂業，江山才能秀麗壯美。」

「仁」字上，他已經全然輸給了劉賀，劉詢不敢多說，只道：「臣謹記。」

劉弗陵語聲忽然轉硬，隱有寒意，「但光有『仁心』還不夠。如果是太平之世，如果只需要守江山，『仁』治天下，好事一件！像文帝和景帝，二位先帝讓天下百姓享了三十多年的太平富裕。可現在內有權臣弄權，外有夷族進犯，還需要『狠心』，才可保社稷安穩、江山太平。」

劉詢猛地側頭看向劉弗陵，與他眼光一觸，只覺得眼內鋒芒刺人，竟生畏懼，立即又低下了頭。

劉弗陵道：「朕自八歲登基，自問行事，無愧天下百姓。」

劉詢說：「皇上是罕見的仁君。」

劉弗陵卻沒什麼歡喜：「可朕不是個好皇帝！朕有仁心，卻無狠心，行事果斷狠辣不及先帝萬一。」

劉詢無語。若劉弗陵是先帝，當年三大權臣的爭鬥也許就是另外一個局面，先帝根本不會顧忌百姓死活，衛太子之亂時，長安城血流成河，無數無辜百姓被殺。先帝連對自己的親兒子、親孫子都是寧可錯殺，不可放過，若劉弗陵是先帝，根本不會容他活到現在，那麼也就不會有現在的局面。

劉弗陵指著波瀾壯闊的漢家江山，肅容對劉詢說：「朕就將這江山交給你了，只望你，心存仁念，手握利劍，治江山，穩社稷，造福天下蒼生。」

劉詢身軀巨震，不能置信地瞪著劉弗陵，半晌後，他近乎自言自語地問：「皇……皇上是一直都想挑一個果決剛毅的人嗎？」

劉弗陵微笑著說：「不錯！若選朋友，朕一定會選賀奴，可江山社稷不容朕用個人偏愛做主。怎麼了？你不想要嗎？」

劉詢忙跪下磕頭，人卻依舊有點怔怔，「臣……臣謝皇上！」又立即反應過來，稱呼不妥，改口道：「詢兒叩謝皇爺爺大恩。」

劉弗陵站得有點久，已經力盡，回身向榻旁行去，腳步虛浮，劉詢忙站起，扶著劉弗陵坐回榻上。

劉弗陵說：「你去告訴于安，命他們都進來。」

劉詢起身到簾外，依言轉述。

一會兒兒後，幾個人從外面魚貫而入。

劉詢一看來人，忙站了起來。

手握西北兵權的趙充國將軍、負責京城治安的雋不疑，還有太僕右曹杜延年。趙充國是劉弗陵的人，滿朝都知。杜延年的出現，有點令劉詢意外，雋不疑則令他震驚。

三人齊齊跪到劉弗陵榻前聽吩咐，劉弗陵指了指劉詢，「從今日起，你們一切行事全聽劉詢吩咐。霍光若同意讓劉詢登基，很好！霍光若不同意……」

趙充國定聲說：「臣等也會讓他同意。」

劉弗陵問劉詢：「你可聽到了？你可有信心？」

劉詢跪下，給劉弗陵重重磕頭，「臣叩謝皇上大恩，有三位大人相助，臣定不會辜負皇上厚望。」

劉弗陵讓他站起來，命趙充國、雋不疑、杜延年向劉詢磕頭。

當三人當著劉弗陵的面發誓效忠時，劉詢突然有些不敢面對劉弗陵的目光。

三人退下後，劉弗陵說：「朕的布置，就不一一和你說了，他們三人，還有于安會全部告訴你。楊敞是你舉薦的丞相，你應該有法子對付他，朕就不操心了。張安世手握燕北兵權，毗鄰廣陵國的駐兵統領是他的親信，朕能將張安世算作你的人嗎？」

劉詢胸有成竹地說：「皇上放心，張氏家族的長兄張賀是臣的恩人，有張賀在，張安世即使不幫臣，也絕對不會幫霍光。」

劉弗陵點頭，「朕能為你做的事情，到此為止，以後的事情，朕不想再管。」

劉詢忙跪下磕頭，「臣接觸朝事的日子還很短，萬有不妥之處，還需要皇上提點。」

劉弗陵道：「朕的行事風格與你不同，從今日起，你按照你的方式辦事。只不過，一定要記住我先頭和你說的話，你的『隱忍』功夫還太差。」

「臣明白，霍光在朝堂內根深脈廣，絕非短時間內能解決的，若太急，即使把臣的性命搭進去，也解決不了，臣日後，一定謹記『隱忍』二字，再不敢貪功冒進。」

劉弗陵讓他起來，坐到榻前，「你答應朕幾件事情。」

劉詢道：「聽憑皇爺爺吩咐。」

「第一，不管將來發生什麼，不許你殺劉賀。」

劉詢立即應道：「臣遵旨。」

「第二，不許為難上官小妹。」

「皇后娘娘是皇爺爺的髮妻，是臣的長輩，臣日後會向皇后行孫輩之禮，絕不敢輕慢。」

劉弗陵微愣了下，一字字說道：「她只是朕的皇后。」

劉詢不解，對呀！上官小妹是皇后，是皇上的髮妻，有何不對？卻不敢問，只能恭敬地應「是」。

「朕會問過她的意思後做安排，不管她走與留，你都要遂她心願。」

「臣遵旨。」

「在你登基之前，于安能給你不少幫助，等你登基後，恐怕不願意再看見他，對你而言，他知道的太多，用，不放心，不用，更不放心……」

劉詢急急想說話，劉弗陵做了個手勢，讓他不必多說，「放他出宮，不許你動他分毫。」

「臣遵旨。」

劉弗陵想了一瞬後，淡淡說：「也就這點事情了。你把這些東西都寫下來。」

劉詢提筆，將應承的事情，都在白帛上一一記下，署名、蓋好印鑒後，又印了個手印上去。

劉詢將書寫好的東西拿給劉弗陵看，劉弗陵點了點頭。

劉詢將白帛捲好，放在了案上，遲疑了一下問：「雲歌呢？」

劉弗陵一直的平靜淡然終於被打破，眼中轉過了不捨，「她只是個山野女子，以後和你們都不會再有關係。」

劉詢默默點了點頭，「臣有一事拿不定主意，想求教皇爺爺。」

「你問吧！」

「孟珏此人，究竟可用，不可用？」

劉弗陵不答，反問：「放眼天下，你能找到更好的人去治衡霍光嗎？」

劉詢搖頭，「沒有。」

「朕一直未真正用他，就是想把他留給你。你將來只是一人，臣子卻有成百上千，如何讓臣子彼此牽制，是一門極深的學問，你慢慢學吧！霍光在一日，你可以放心大膽的用他，霍光若不在了……」劉弗陵淡淡說，「你比朕更知道該如何辦。」

劉詢點頭，「皇上還有什麼要叮囑臣的嗎？」

劉弗陵想了一瞬後說：「據于安事後給朕講，在和羌族勇士的打鬥中，你表現得毫無弱點，直到比試結束，眾人依舊看不透你武功高低。孟珏的功夫卻是有弱點可尋的，所以當克爾嗒嗒以為可以斬殺孟珏時，卻不料孟珏的『弱點』根本不是他的『弱點』。」

劉詢以為他當日已經做到最好，不料聽到劉弗陵這樣的評語，思索了一下，好似有所悟，心裡卻很不服氣，想著結果可是他贏、孟珏輸。他向劉弗陵磕頭，恭敬地說：「臣懂了。」

劉弗陵道：「你比朕更適合做皇帝，朕已沒什麼可教你的了，你回去吧！」

劉詢磕頭，連著磕了三個，卻仍然未起來，僵跪了一會兒，又「咚咚」地連磕了九個頭，一個比一個重，到最後好似要磕出血來。

他的舉動有些莫名其妙，劉弗陵卻絲毫未阻止，只微笑著說：「把你的這份心留給天下百姓，你將這江山治理好，把朕未能做到的事情都做了，就可以了。」說著，人歪靠在榻上，閉上了眼睛，揮了揮手讓他走。

劉詢站起，走了幾步，忽有些遲疑，猶豫了一瞬，終是不甘心，一咬牙，返身回去又跪下。「皇上，臣斗膽了，但這次不問，臣怕……臣心中已經困惑了很久，皇上第一次召見臣時，問臣『這一生最快樂的事情是什麼？』、『最想做的事情又是什麼？』臣斗膽想知道皇上的答案。」

劉弗陵沒有立即回答，閉著眼睛，似在思索。

劉詢心中稍慰，劉弗陵和他當年一樣，這個問題也無法給出答案。

可慢慢地，劉弗陵的眉宇間溢出了笑意。

「快樂的事情太多，一時想不出來哪件最快樂。」

劉詢心中巨震，說不清楚是驚訝、羨慕還是嫉妒。

一瞬後，劉弗陵笑著說：「最快樂的事情是娶了個好妻子。」

劉詢屏息等著劉弗陵的下一個答案。

劉弗陵眉宇間的笑意淡去，一直未說話，劉詢靜靜站了會兒，看劉弗陵倦意深重，似已睡著，他輕輕起身，正想退下，忽聽到劉弗陵輕聲說：「最想做的事情是能陪著她一日日變老。」

劉詢心驚肉跳，不敢直視劉弗陵。

劉弗陵揮了揮手，劉詢立即轉身，腳步匆匆，近乎逃地跨出了屋子。

雲歌在屋子外面堆雪做雪人。

不知道從哪裡跑來兩隻山猴，毫不畏生地跟在她身後，時而幫她堆一把雪，時而拽著雲歌的斗篷，好似怕雲歌冷，揮著上面的雪，有時也會幫倒忙，把雲歌掃好的雪推散。

雲歌不見急惱，笑咪咪地做著自己的事情，由著猴子在她身邊鬧騰。

在外面的時間久了，雖戴著雪帽，披著斗篷，可她的髮梢、鬢角仍凝了不少雪花。

屋簷下立了好幾個宦官，卻沒有一個人過去幫忙，都只是靜看著。

看到劉詢出來，她抬頭一笑，扔了掃帚，跑到屋簷下，一邊跺腳，一邊把斗篷、雪帽都摘下來，急匆匆地進了屋子。

兩隻猴子「吱吱」亂叫，似乎十分開心，也跑到屋簷下，學著雲歌的樣子，跺腳跳騰，把身上的雪都跳落，「滋溜」一下就鑽進了屋子。

屋外立著的宦官見慣不怪，任由兩隻猴子躥進大殿。

七喜拿了劉詢的斗篷和雪帽過來，服侍劉詢穿上，看劉詢一直在看雲歌，笑道：「那兩隻猴子是姑娘去年撿回來的，養了一個冬天後，放回山中。自皇上和姑娘來溫泉宮，兩隻猴子不知道如何得知了消息，時不時來看皇上和姑娘，還常常帶禮，上次牠們送來的大桃子，比宮裡的貢桃都好吃。夠精怪的，兩隻山猴還懂得念舊情。」

七喜打著傘，一直把劉詢送到宮門口，賠笑說：「只能送侯爺到此了，奴才另命人送侯爺下山，看這天色，得多打幾個燈籠。」

劉詢道：「不必了，我常走夜路，不怕黑。自我第一次進宮，大人就多有照拂，劉詢銘記在心。」

七喜眼角餘光掃了眼四周，笑道：「都是奴才的本分，侯爺若有用得上奴才的地方，儘管吩咐。」

劉詢頷了首，轉身離去，七喜要給他傘，他輕擺了手，沒有要。欽欽雪片，飄落不絕。

因天色已晚，天空積的雲層都帶著鉛灰色，累累疊疊，墜得天像是要掉下來，層林越顯蕭瑟。孤寂的山道曲折而下，好似沒有盡頭。

劉詢緩步穿行在雪花中，如閒庭信步，他本就身形高健，此時看去，低垂的天，昏茫的山，天地間似只剩他一人，襯得他更是雄姿偉岸。

七喜打著傘，站在宮門前，一直目送劉詢消失在雪中，輕輕點了點頭。

天快亮，劉詢才回到長安，顧不上休息，就命何小七去請張賀，約好在一個屠戶家相見。

他換了套便袍，剛要出門，黑子匆匆跑來，「大哥，有人……」一拍額頭，恭敬地說：「侯爺，有人求見。」

劉詢笑罵：「別那麼多虛禮，本就是兄弟，叫的哪門子『爺』？」

黑子心中熱騰騰地，咧著嘴直笑，「俺也這麼覺得，『大哥、大哥』多親近，都是小七那渾小子，非要俺叫『侯爺』。大哥，有個書生要見你。」

劉詢一邊向外走，一邊說：「我不是說了『誰都不見嗎』？」

黑子將手中打著的燈籠，高高舉起來，給劉詢看。

「俺也這麼回覆的，可這人嘴特能扯，扯得都是俺們聽不懂的話，俺們幾個全給他扯暈了，他說和大哥是什麼故交，讓俺把這個燈籠交給大哥，還說他是來雪……雪什麼炭火的。」黑子嘿嘿一笑，實在想不起來書生的原話。

劉詢細看了眼燈籠，立即認出是去年上元節時，雲歌想要的那盞。他將燈籠接過，遞給一旁的侍從，「拿下去，好生收著。」又笑對黑子說：「命這個『雪中送炭』的書生來見我，若能說出個一二三四則罷，若說不出……」

黑子握了握拳頭，接嘴道：「俺們幾個就好好替他鬆鬆骨頭。」

書生見到劉詢，見禮問好，不卑不亢，氣度從容，並無一般小民初見皇族貴胄的拘謹。

劉詢笑道：「上次竟然看走了眼。」

書生笑說：「不是侯爺看走眼，而是侯爺心中有更多計較，顧不上仔細看在下。」

劉詢請他坐，「深夜求見，敢問何事？」

書生道：「在下姓李名遠，來自漠北，長安城是家父的故鄉，自小常聽父親提及天朝繁華，所以特來看看天朝的風土人情。」

劉詢心中微動，「令尊高姓大名？」

李遠十分乾脆地回道：「李陵。」

劉詢呆了一瞬，方笑道：「原來是匈奴王子遠道駕臨，本侯失禮了。」

第四十章 悲莫悲兮，永別離

他拚盡全力，七荒六合的擔心、五湖四海的不捨，
也只是化作了心底深處、一聲無痕的嘆息，
散入了生生世世的輪迴中。

自劉弗陵移居溫泉宮，上官小妹一直沒再見過他。

突然接到宦官通傳，皇上要見她。她沒有喜悅，反倒覺得心慌意亂，甚至不想去拜見，似乎不面對，有些事情就永遠不會發生。

小妹走進殿內時，正寫字的劉弗陵聞聲抬頭，看見她，淡淡一笑，讓她過去。

小妹眼前有些迷濛，恍恍惚惚地想起，剛進宮時，有一次她偷偷去神明臺，皇上突然上來，嚇得她立即躲了起來。于安發現了她，十分生氣，問她想偷聽什麼，她很害怕，哭著不回答。

皇上聽到動靜，走了過來，蹲下身子問她，「為什麼一個人躲在這裡，有人欺負妳了嗎？」

她看著變得和她一般高的皇帝，害怕突然少了，嗚咽著說她想家，聽說神明臺是長安城的最高

處，可以看到整個長安，她覺得也許站在神明臺上，就能看到爹娘，可是欄杆好高，無論她再怎麼踮著腳尖跳，也看不到外面。

皇上凝視著她，沉默了片刻後，很溫柔地替她把眼淚擦去，將她抱起，走到欄杆旁，指著北面說，「妳爹爹和娘親的府邸就在那邊。」

她只看到連綿不絕的屋宇，根本分辨不出哪座是她的家，更沒有看到爹娘。可即使沒看到爹娘，她仍愣望著北面出神。因為，唯有如此，她才能覺得她離他們近了一點，她不是孤零零的一個人。

她一直呆看著北邊，而皇上就一直抱著她，不催促，不詢問，只是在沉默中給了她支撐的力量。

「皇上……大哥哥，你為什麼來神明臺？你想看什麼？」她輕聲問。

他目光投向了西邊，沒有回答。

他放下了她，命于安送她回椒房殿，又對于安吩咐，以後她想在任何地方玩，都不要限制。

其實她很想問，我可不可以來找你玩。可是她不敢，因為他雖站在她身邊，眼睛卻一直望著西邊，顯得他好似很近，實際很遙遠。

後來，她漸漸發現，最好哪都別去，因為不管她去到哪裡，都會有陰沉沉的目光盯著她，她開始明白，雖然父母一再告訴她，這裡是她的新家，可這不是她的「家」，她的天地只有椒房殿那麼大。

小妹坐到劉弗陵下方。

劉弗陵將聖旨交給她，她剛看了一眼，猛然抬頭，「皇上……」

劉弗陵淡笑著說：「別驚慌，不是真賜妳陪葬，只是一道給妳自由的障眼法，替妳卸下皇后這個沉重的枷鎖。」

小妹心裡有淡淡的失望，竟好像有些盼著這個聖旨是他真實的意思。

「小妹，前段日子的事情，朕要多謝妳。」

小妹搖了搖頭，他能常常來椒房殿，即使只是陪著她說話，她也是開心的。

「朕耽誤了妳不少年華，幸虧妳還小，今年才十五歲，日後……」

小妹打斷了劉弗陵的話，「臣妾不想出宮。」

劉弗陵沉默了會兒說：「這道聖旨妳先收著，也許將來妳會改變主意，有這道旨意在，劉詢就不敢不幫妳。」

小妹聽到「劉詢」，並未顯驚訝，而是很平靜地說：「劉詢想繼承大統，就必須要改換宗室，那他以後就是皇上的孫子，臣妾是太皇太后。」

劉弗陵頷首，「他會很孝順妳，朕會命六順到長樂宮服侍妳，妳可以信任他。」

劉弗陵將幾個印璽交給小妹，小妹看清楚後，面色頓變，「皇上，這、這是調動關中駐軍的兵符。這個、這個是國璽，這是西北駐軍的兵符……」

劉弗陵叮囑道：「這些東西，妳小心收好，不要讓任何人知道，等劉詢控制了長安城後，妳將這些東西交給他。妳和霍光畢竟有血緣上的聯繫，劉詢又生性多疑，他感念妳的恩德，日後就不會懷疑妳幫霍光，也就不會只因朕的命令，而僅是面子上善待妳。」

小妹拿著關中駐軍的兵符，只覺燙手，「關中駐軍的將軍是霍光的人，必要時，霍光肯定有辦法不用兵符就調動軍隊。」

「霍光能擅自調動軍隊，可糧草呢？十萬大軍一日間的糧草消耗是多少？他若不能餵飽士兵的肚子，誰會願意跟著他胡鬧？這兵符控制的其實是糧草。必要時，妳交給劉詢，他自會明白該如何做。」

小妹的手輕顫，「皇上，你信我？」

她心裡想的是，你可知道我把這些東西交給霍光的後果？也許整個天下會改姓。

劉弗陵凝視著小妹，微微而笑，「朕信妳。」

小妹眼中有霧氣，緊緊地握著國璽，用性命許出諾言，「臣妾一定會把它交給劉詢！」

劉弗陵微笑著搖了搖頭，「天下沒有一定的事情！雖然我已經和劉賀談過，可是變數太多，霍光、藩王、還有個一直隱忍未發的孟玨，劉詢不見得能勝利，即使已經安排了一切，朕對他的信心也只有七成。」

小妹的眼睛中流露著堅毅，「在皇宮中，五成把握就已值得放手去爭了，七成已經很多！」

「朕的目的是一定要避免兵禍。當此亂局，作為皇帝的人選，劉賀的確不如劉詢，但與擾亂天下的兵禍相比，那點差距也就不算那麼重要了。小妹，以一個月為限，如果一個月後，霍光掌控了長安，劉賀可以順利登基，就把國璽交給劉賀，以皇太后的名義頒布懿旨讓他登基，但是……」劉弗陵笑意淡去，神情變得凝重，「一旦劉賀登基，一定要他立即下旨殺了劉詢。」

「啊？」上官小妹驚愕。

「劉詢登基，劉賀惹不出大亂子，但如果劉賀登基，劉詢不死，漢室江山將來必亂，苦的是天下萬民，所以劉賀一登基，一定要立即下旨賜死劉詢。」

上官小妹凝視著手中的國璽、兵符，只覺肩上沉甸甸的重。她以為她的一生就是一顆棋子，沒有料到江山社稷、黎民蒼生竟然有一天會都壓在了她的肩頭。

劉弗陵長嘆了口氣，眼中有歉疚，「這些事情本不該讓妳承擔，可除了妳，朕實在找不到人……」

小妹嫣然而笑，「皇上，臣妾很開心，臣妾是你的皇后，享受萬民的叩拜，讓社稷安穩，黎民免受兵戈，都是臣妾該做的事情，臣妾定當盡全力把國璽、兵符安穩地交給新帝。」

「朕給劉詢安排了幾個人，其他人倒罷了，趙將軍卻是個死心眼，所以朕還會特意留一道聖旨給他，若是劉賀登基，那道聖旨自會傳到他手中，若劉詢登基，這些事情，妳就從來沒聽過。」

小妹用力點了點頭，表示自己明白，忽又想起一事，「劉賀登基，容得下劉詢；劉詢登基，卻只怕容不下劉賀，皇上可有什麼安排？臣妾心中有數，也好便宜行事。」

劉弗陵微笑，眼中卻是憐惜，「小妹，不要辜負了老天給妳的聰慧，應該用聰慧讓自己幸福。」

小妹低著頭不說話。

「朕已經命劉詢寫了一道旨意，承諾不傷劉賀和于安性命。」

小妹嘴角微翹，帶著幾分淡淡的嘲諷，「他現在為了得到皇位，自然什麼都肯答應。」

劉弗陵微笑著沒說話，凝視了小妹片刻，說：「朕派人送妳回長安，妳……妳以後一切小心。」

小妹未動，抬起頭，定定地看著劉弗陵。眼中所有的感情，第一次未經任何掩飾地流露出來，劉弗陵只淡淡笑著，似乎什麼都懂，又似乎什麼都未懂。

小妹輕聲請求：「皇帝大哥，臣妾可不可以留在這裡照顧你……」

劉弗陵將國璽、兵符包好，放到小妹懷裡，溫和卻堅決地說：「小妹，以後照顧好自己，妳前面的路還很長，外面的天地也很廣闊，不妨把十五歲前的日子當作一場夢，所有的人和事都是一場虛華，夢醒時，一切都可以忘記。」

劉弗陵縮手時，小妹突地拽住了他，劉弗陵呆了一下，未再抽手，只淡淡地看著她，淡然的目光中有了然，有悲憫，還有歉意。

他的手指冰涼，小妹多想能用自己的掌心溫暖他，「大哥……」小妹眼中淚意滾滾，「我……我……」

劉弗陵點了點頭，「我都明白。」

小妹雖心如刀割、萬般貪戀，可還是一點一點地放開了他的手，笑著抹去了眼淚。這一場心事終究再不是她一個人的春花秋月，即使最終是鏡花水月，畢竟他曾留意到，他懂得。

她向劉弗陵行禮告退，卻不顧君臣禮儀，一直凝目注視著他，似想把他的一切都銘刻到心中。她微笑著退出大殿，微笑著坐上軟轎，微笑著吩咐宦官起轎，可就在轎子抬起的剎那，淚如雨下。

雖然下著大雪，但抬轎宦官的步履絲毫未受影響，不大會兒工夫，溫泉宮已經要淡出視線。

「停！」小妹突地喝叫。

宦官立即停步，轎子還未停穩，上官小妹就跌跌撞撞地跳出了轎子。

六順本以為皇后突然想起什麼事未辦，不料她只是站在轎邊發呆，仰頭痴看著山頂，不言不動。雪落得十分急，一會兒的工夫，小妹頭上、身上就已經全是雪。

六順怕皇后凍著，彎著身子走到皇后身側，低聲說：「皇后娘娘，時辰不早了，該起程回宮了。」一抬眼，卻看見皇后滿面是淚，他似乎明白了什麼，心中黯然，靜靜地退了回去。

小妹呆呆地站了許久，慢慢轉身，緩緩向山下行去。至少，現在，我們仍在同一山中。

六順請她上轎，她好似未聽見，只一步步自己走著。

白茫茫的天地間。

一個嬌小的身影迎著風雪，艱難地跋涉。

蜿蜒的山道上，一個個淺淡的腳印印在雪地上。

北風吹動，雪花飛舞。

不一會兒，山道上的足印就消失了。

只一條空蕩蕩的山道，曲折蜿蜒在蒼涼的山間。

今年的雪甚是奇怪，停一停，下一下，一連飄了十幾日，天都不見轉晴，山道被封，很難再通行。

溫泉宮好似成了紅塵之外的世界，劉弗陵完全不再理會外面的事情，和雲歌安安靜靜地過著日子。

他心痛的次數沒有以前頻繁，可精神越來越不濟，一旦發病，昏迷的時間也越來越長。

夜裡，雲歌常常睡著睡著，一個骨碌坐起來，貼到他的胸口，聽他的心跳。確認聽到了心跳聲，傻傻一笑，才又能安心睡去。

有時候，劉弗陵毫無所覺；有時候，他知道雲歌的起身、雲歌的傾聽，當雲歌輕輕抱著他，再次睡去時，他卻會睜開眼睛，邊凝視著她疲憊的睡顏，邊希望自己不要突然發病，驚擾了她難得的安睡。

原來，當蒼天殘忍時，連靜靜看一個人的睡顏，都會是一種奢侈的祈求。

情太長、太長，可時光卻太短、太短。

也許兩人都明白，所能相守的時間轉瞬就要逝去，所以日日夜夜都寸步不離。

白天，她在他的身畔，是他的手，他的眼睛，她做著他已經做不動的事情，將屋子外的世界繪聲繪色地講給他聽，他雖然只能守著屋子，可天地全從她的眼睛，她的嬌聲脆語，進入了他的心。方寸之間，天地卻很廣闊，兩人常常笑聲不斷。

晚上，她蜷在他的懷中，給他讀書，給他講故事，也會拿起簫，吹一段曲子。他已經吹不出一首完整的曲子了，可她的簫技進步神速，她吹著他慣吹的曲子，在婉轉曲調中，他眼中有眷戀，她眼中有珠光，卻在他歉疚地伸手欲拭時，幻作了山花盛綻的笑。他在她的笑顏中，明白了自己的歉疚都是多餘。

一個夜深人靜的晚上，如往常一般，雲歌給劉弗陵讀南疆地志聽，在先人的筆墨間，兩人同遊山水，共賞奇景，讀了很久，卻聽不到劉弗陵一聲回應。

雲歌害怕，「陵哥哥。」臉貼到他的心口，聽到心跳聲，她才放心。

她把書卷放到一旁，替他整了整枕頭和墊子，讓他睡得舒服一些。

吹熄了燈，她躺在他身側，頭貼著他胸口，聽著他的心跳聲，才能心安地睡覺。

他的心跳聲是她現世的安穩。

半夜時，劉弗陵突然驚醒，「雲歌。」

雲歌忙應道：「怎麼了？」

劉弗陵笑問：「妳讀到哪裡？我好像走神了。」

雲歌心酸，卻只微笑著說：「我有些累，不想讀，所以就睡了。」

劉弗陵聽著外面雪花簌簌而落的聲音，覺得胸悶欲裂，「雲歌，去把窗戶打開，我想看看外面。」

「好。」雲歌點亮燈，幫他把被子攏了攏，披了件襖子，就要下地。

劉弗陵說：「等等。」他想幫雲歌把襖子扣好。

因為手不穩，他的每一個動作都異常地慢。雲歌卻好似全未留意到，一邊嘰嘰咕咕地說著話，一邊等著他替她整理，如同以前的日子。

等他整理好了，雲歌走到窗前，剛把窗戶推開，一陣北風就捲著雪花，直颳進屋內。吹得案頭的梅花簌簌直動，屋內的簾子、帳子也都嘩啦啦動起來，榻前几案上的一幅雪梅圖嘩剌剌地翻捲，好似就要被吹到地上。

雲歌忙幾步跳回去，在畫上壓了兩個玉石尺鎮。

她鑽進被窩，「真夠冷的！」說著用手去冰劉弗陵的臉。劉弗陵覺得臉上麻麻的，並無任何冷的感覺，他用手去觸碰雲歌臉頰上未化的雪，也沒有任何感覺。

雖是深夜，可大雪泛白，絲毫不覺得外面暗，天地間反倒有一種白慘慘的透亮。

院子裡，雲歌本來堆了兩個手牽手的「人」，但因為雪下得久了，「人」被雪花覆蓋，已經看不出原來的形狀。

兩人擁著彼此，靜靜看著外面。

天地無聲，雪花飛舞。

他覺得心內越來越悶，雖然沒有疼痛，半邊身子卻開始麻木，在隱隱約約中，他預知了些什麼。

劉弗陵輕聲問：「雲歌，妳會忘記我吧？」

雲歌用力點頭，「嗯，我會忘記你。」

「雲歌，看到桌上的雪梅圖了嗎？我在它最美的時刻把它畫下，它的美麗凝固在畫上，妳就只看到它最美的時候。其實，它和別的花一樣，會灰敗枯萎醜陋凋落，我也如此，並不見得有那麼好，如果我們生活一輩子，我照樣會惹妳生氣，讓妳傷心，我們也會吵嘴嘔氣，妳也會傷心落淚。」

他緊握住了雲歌的手，貪戀著塵世中的不捨，他唯一的不能放心。原以為只要他有情，她有意，他就能握著她的手，看天上雲捲雲舒，觀庭前花開花落，直到白髮蒼蒼。可原來，他拚盡全力，能阻止生離，卻無法推開死別。

「不要念念不忘梅花最美麗的時刻，那只是一種假象。如果用畫上的梅花去和現實中的梅花做比較，對它們不公平。」

雲歌緊緊闔上雙眼，睫毛卻在不住顫抖，「嗯。」

風揚起了她的髮，和劉弗陵的交纏在一塊。

他在微笑，可他的眼睛裡是擔心，說話漸漸困難，也明白她都知道，他和她之間無須多語，可就是不能放心，「記得我們那次看日出嗎？不管發生什麼，都不要放棄，堅持走下去，肯定會有意想不到的風景，也許不是妳本來想走的路，也不是妳本來想登臨的山頂，可另一條路有另一條路的風景，不同的山頂也一樣會有美麗的日出，不要念念不忘原來的路……」

雲歌輕輕親了一下他的唇，微笑著說：「你放心，我會離開長安的，會忘了這裡的一切。我會去苗疆，去燕北，走遍千山萬水，我還會寫一本菜譜，也許還能遇見一個對我好的人，讓他陪我一起爬山，一起看日出，讓他吃我做的菜，我不會念念不忘你……我會忘記……」雲歌一直笑著，聲音卻越來越低，逐漸被強勁的北風埋沒，到後來已分不清是在對劉弗陵說，還是對自己說。

窗外的雪越下越大，天地間蒼茫一片，除了漫天大雪，再無其他。時間也彷彿被那徹骨的嚴寒所凍結，兩人相依相靠，靜擁著他們的地老天荒，是一瞬，卻一世，是一世，卻一瞬。

劉弗陵想抬手去摸摸雲歌的臉頰，卻沒有一絲力氣。他努力地抬手，突然，一陣劇痛猛至，胸中似有萬刺扎心，連呼吸都變得艱難，眼前的一切都在旋轉，他吃力地說：「雲歌，給我唱首歌，那首……首……」

如有靈犀，雲歌將他的手輕輕舉起，放在了臉頰上，摟著他的腰，貼著他的胸口，輕聲哼唱：

黑黑的天空低垂
亮亮的繁星相隨
蟲兒飛蟲兒飛
你在思念誰
……

劉弗陵的眼前慢慢變黑，他努力想再多看一眼雲歌，可她在自己的眼中慢慢淡去，漸漸隱入黑暗。拚盡全力，七荒六合的擔心、五湖四海的不捨也只是化作了心底深處、一聲無痕的嘆息，散入了生生世世的輪迴中。

天上的星星流淚
地上的花兒枯萎
冷風吹冷風吹
只要有你陪
……

聽著他慢慢消逝的心跳，雲歌的臉色越來越蒼白，直到最後一點血色都無，慘白如窗外的雪花。

一室寂寞的寒冷。

殿內的簾子嘩啦啦地飄來蕩去，愈顯得屋子淒清。

她臉頰上的手逐漸冷去，直至最後冰如寒雪，她卻毫無反應，依舊一遍遍地哼著歌。

歌聲溫柔婉轉，訴說著一生的相思和等待。

漫長的黑夜將盡。

遠處白濛濛的天，透出道道燦爛的金紅霞光，飄舞著的白雪也帶上了緋豔。

雲歌抬頭，望向窗外。

「陵哥哥，太陽要出來了，我們可以看雪中日出呢！」

身畔的人沒有任何反應，面色安詳，唇畔含笑。

她用力抱著他，抬著頭，眼睛一瞬不瞬地盯著東方。

第四十一章 心字已成灰

那一年，她八歲，正是滿樹梨花壓雪白的季節，

穿著紅色的衣裙，躲在樹下練歌……

她嫣然一笑，闔目而逝。

剛伸出一半的手，猛然墜落，那個繩穗飄飄搖搖地跌入了塵土中。

于安清早起來，看到雲歌和皇上相互依偎，以為他們在賞雪，未敢打擾。可從清早直到正午，兩人都一動沒有動過。

于安忽覺不安，輕手輕腳走到兩人身旁，輕碰了下皇上，觸手冰涼，眼淚立即湧出，惦記著皇上生前的叮囑，不敢遲疑，一把擦去淚，輕聲叫道：「雲姑娘，皇……皇上他已去，後面的事情，朝臣們會按規矩處理，皇上特地吩咐過奴才送姑娘離開長安。」

雲歌起身，揉了揉眼睛，好似夢中剛醒，笑看了眼劉弗陵，又靠到了他的身上，「陵哥哥剛睡著，我們要再躺會兒，你別吵。」

于安知道事情刻不容緩，咬了咬牙，猛然揮手，擊在雲歌頭上，雲歌這才真正昏睡了過去。富裕

立即上前，要把雲歌抱走，雲歌的手卻牢牢扣在劉弗陵腰上，怎麼拽都拽不開。

抹茶和于安彎下身子，想把雲歌的手分開，兩個學武的人，竟然要用足了力氣，才能把雲歌的手指一根根掰開。抹茶一邊掰，一邊突然開始哭泣。

于安本想呵斥她，可話到了嘴邊，自己也險些要掉淚，忙把一切都吞下。他對抹茶和富裕，一字字吩咐：「雲歌就交給你們了，過了天水郡，會有趙充國將軍的人接應你們，護送你們到西域，之前的路程要你們擔待了，等長安事了後，我就去尋你們。」

抹茶和富裕哽咽著點頭，「師父（總管）放心！」

劉詢接到七喜傳出的消息，有預料之內的平靜，有期待已久的激動，也還有一絲淡淡的悲傷。他在屋內走動了一圈，猛然推開窗戶。

不知何時，大雪已停了，積壓多日的陰霾一掃而空，天空藍水晶般的清澈，高懸在中天的圓日，萬道金光，映得雪後的玲瓏世界晶瑩剔透。

一切都似乎預示著一個王朝的終結，另一個王朝的來臨，而這個新來臨的王朝會由他來開創。

劉詢揚聲叫人，問：「孟珏這兩日有什麼動作？」

來人回奏：「沒有，就在府裡養花弄草，偶爾去街市上閒逛。」

劉詢自驪山下來後，就每日拜訪孟珏一次，似乎兩人交情深厚，日日密謀，實際上，他只是拉著孟珏說閒話。他並不指望孟珏現在就立場分明地支持他。但是，至少要劉賀不敢相信孟珏，在現在這個節骨眼上，劉賀只要有一分疑心，就不敢用孟玨，不管孟玨給他的建議多麼管用，他也不敢採納。

劉詢沉默了片刻，叫道：「何小七。」

「小的在。」何小七立即躬身聽吩咐。

「通知各人，一切按計劃開始進行，還有，一定要派人時刻盯著孟玨的動向。」

何小七應了聲「是」，一溜煙地跑出了屋子。

日過正午，大好時光。

孟玨未做任何正經事情，真如劉詢的探子回報的那樣，在養花弄草。

一個青玉八卦盤，裡面壘放著黑白二色的鵝卵石，他把兩個蒜頭一樣的東西放到盤中，用鵝卵石壓好，再往盤中注入清水。

八月匆匆進來，在門口行了禮，「公子，我們在驪山附近守候了一個多月，今天才終於看到富裕下山。他很精明，不知道在山裡如何繞的道，竟不是從驪山直接下來的。他打扮成窮書生的模樣，駕著輛灰驢車，身旁還坐著個婦人，扮作他的娘子，驢車裡躺著個老婆婆，過關卡時，聽那婦人哭說，婆婆得了急病，思鄉心切，所以送婆婆回鄉。我們都差點錯過了，幸虧公子一再強調了富裕的長相，九妹又心細，我們才沒弄丟了人。」

看來，劉弗陵已去！

孟玨放下了手中的鵝卵石，心內竟無絲毫輕鬆的感覺。

劉弗陵要送雲歌離開長安，第一考慮的不是武功高低，而是忠心可靠與否。畢竟這個危急時刻，真正有能力動雲歌的人，都會被更重要的事情纏著，無暇顧及雲歌，等想起雲歌時，卻已經晚了。只要忠心可靠、辦事穩妥，就能把雲歌送走，反倒是用人錯誤、走漏風聲才最可怕。若論忠心可靠，整個未央宮，除了富裕，不作第二人想。

三月嘴快地問：「公子，我們什麼時候下手劫車？」

孟玨笑問：「誰和妳說要劫車？」

三月縮了縮脖子，派了那麼多人在驪山下守了一個多月，不為了劫車，還能為什麼？

孟玨吩咐：「八月，你帶人暗中保護驢車，直到護送驢車安全出了漢朝疆域。」

八月應道：「是。」

「若有萬一，無論如何、無論如何要護住驢車內的人。」

公子說話歷來言簡意赅，「無論如何」四字竟特意重複了一遍，八月明白了話後的分量，跪下說道：「公子放心，我明白。」

孟玨看他離去了，又低頭開始種另一盆水仙，三月輕吁口氣，「公子，我今日又閒著了？」

孟玨頭未抬地說：「想得倒美！幫我撿鵝卵石，大小適中，分顏色放好。」

三月苦著臉，不甘願地坐到了孟玨身側，從一個木盆裡挑選著鵝卵石。

僕人進來通傳，「大人，侯爺來了。」

劉詢最近日日來，孟府內的所有人都已習慣。三月聽聞，不等孟玨吩咐，就擦手下去準備茶點。

孟玨淡淡一笑，「快請。」

話音剛落，劉詢已經走進屋內，看了看屋子裡各色的玉盤、石盤，陶盤，笑道：「孟珏，你真打算兩耳不聞窗外事了嗎？長安城裡已經要鬧翻天了，你還在這裡擺弄水仙。」

孟珏問：「發生何事？」

劉詢說：「聽聞皇上已經在驪山駕崩，于安還把消息壓著，但霍光早已得到消息，正準備召集大臣議論何人可接帝位。如果不出意外，今日晚間，等皇上駕崩的消息正式公布後，霍光就會和幾個議政大臣請王叔進京。」

說話間，孟珏又栽好了一盆水仙，淡淡說：「皇上駕崩是遲早的事情，眾人意料之內。霍光會選擇昌邑王，也在很多人意料之內，都是意料之內的事情，有什麼可鬧騰的？」

劉詢無語，的確如孟珏所說。在皇上沒有子裔的情況下，只能從皇上的兄弟、子侄中選擇。霍光不會選難以控制的廣陵王，更不會自掘墳墓去選燕王的後人，唯獨能選的就是勢單力薄的他和荒唐昏庸的劉賀。從他們兩人中挑選，霍光當然不是選擇誰更適合做皇帝，而是誰更容易控制，劉賀荒唐名聲在外，為人放蕩不羈，霍光自然會傾向於選一個昏君。

劉詢默默坐了會兒，笑著說：「王叔繼位，定會重用你，我該恭喜你。」

孟珏看向劉詢，微笑著說：「身為臣子，我自然該效忠皇上。」

劉詢點點頭，起身告辭，孟珏也未留客。

富裕駕的車是驢車，八月的馬是汗血寶馬，追趕富裕是一件很輕鬆的事情。不過為了保險起見，八月先給九月飛鴿傳書，轉達了孟珏的命令。太陽快落山時，八月已經追到秦嶺山脈，估摸著就要趕上九月，本鬆了口氣，可忽聽到山谷中兵戈交擊的聲音，心中一緊，忙馭馬加速。

轉過幾個狹窄的山道，只看上百個黑衣蒙面武士圍聚成扇形，將青驢車逼在山道一角，富裕和抹茶緊守著驢車，不敢輕動。九月帶人護著驢車一邊，另外一邊是十餘個灰衣人在守護。八月看他們招式陰柔毒辣，公子又事先提醒過，猜到是宮裡的宦官。

若只論武功，灰衣人明顯高過黑衣武士，可黑衣武士好似早知道灰衣人的武功路數，有備而來，兵器是專門克制軟劍的厚刀，而且三人一組，彼此配合，將灰衣人逐個擊殺。眼看著九月手下的人也折損大半，八月忙高叫了一聲暗語，通知九月救人逃跑。

雲歌在廝殺聲中醒來，掀開車簾，看到外面的殊死搏鬥，只覺自己正在做夢，呆呆看著眾人，完全不能理解發生了什麼。

九月看到雲歌，才明白公子為什麼要他們保護驢車，回身對富裕說：「對方人太多，我們只能救雲歌走。」

富裕和抹茶對視了一眼，異口同聲地說：「只要姑娘能護得我家小姐安全，我們就感激不盡。」

九月探手將呆呆愣愣的雲歌拽下車，富裕和抹茶沒了顧忌，立即拔出兵器迎敵，掩護九月逃走。九月一手拋出飛索，釘入山道下方的一株大樹上，一手挾著雲歌，藉助飛索，帶雲歌從眾人頭頂上飛掠而過。

黑衣人本以為雲歌已是囊中之物，不料九月忽出奇招，情急下，出手越發狠毒，不大會兒工夫，灰衣人都被殺死。黑衣人立即追向雲歌，八月帶人擋在山道前，阻擊黑衣人的追趕。

九月口中打了個呼哨，八月帶來的汗血寶馬疾馳到飛索下。鬆手，落馬，提韁繩，一氣呵成。

九月正要調轉馬頭離去，黑衣人將已經俘虜的富裕和抹茶推到前面，一個好像頭領的人高聲叫道：「雲小姐，我們只要妳。妳忍心看著這麼多人都為了妳死？」

抹茶和富裕軟綿綿地靠在黑衣人身上，想來筋骨都已被打斷，嘴裡仍硬氣十足，「不用管我們！」

八月一邊奮力阻攔著追趕過來的黑衣人，一邊吼道：「九妹，快走！公子定會為我討回公道！」

九月含淚點了點頭，打馬就走。

雲歌茫然地問：「我……我怎麼在這裡？陵哥哥……」她回頭望著抹茶和富裕，「抹茶？富裕？」

抹茶大叫：「快走！不用管……啊！」

黑衣人一掌敲在抹茶的下顎上，刀刃入嘴，只聽抹茶「啊」一聲慘叫，鮮血激濺，他們竟然割去了抹茶的舌頭。

「啊！」

雲歌慘呼中，軟倒在九月懷裡，九月忙加速急馳，雲歌去握她的手，哭求著她，「停下來，停下來……」又扭頭頻頻向後看。

九月毫不理會，一手勒住雲歌的胳膊，一手馭馬加速。

黑衣人冷笑連連：「雲小姐好狠的心！自妳進宮，抹茶就一直悉心照顧妳，真是枉費了她對妳的一片情義。」

說話間，刀刃飛過抹茶的脖子，鮮血噴濺！黑衣人又刻意用了些巧力，抹茶的頭顱竟在空中打著轉地飛向雲歌。

雲歌大張著嘴，卻一聲都發不出來，眼睛裡面是恐懼的絕望。

黑衣人又抓起了富裕，揮刀想砍。

雲歌突然仰頭長嘯，悲淒的聲音在山嶺中蕩開。

山谷中群鳥驚起，黑衣人帶來的馬匹竟哀鳴著、全部跪倒在地。九月座下的馬雖然沒跪，卻嘶鳴狂跳著要把九月和雲歌顛下去。

九月驚駭，這匹馬是純種的大宛汗血寶馬，本就是馬中極品，又是公子從小養大的，十分溫馴聽話，可雲歌的悲音竟能讓汗血寶馬違背主人的命令。

「你已殺了抹茶，我日後必取你命，你若再傷富裕，我必要你後悔生到這世上。」

各種各樣的咒罵早已經聽多了，可雲歌的哀音竟讓黑衣人心中無端端的一寒，刀刃停在了富裕咽喉前，冷笑著說：「我早已說過，我們只要妳，妳若乖乖留下，這些人當然都不必死。」

雲歌唇間低鳴，汗血寶馬安靜了下來，自動回頭，馱著雲歌和九月向黑衣人行去，九月怎麼勒馬都不管用。

馬兒停在八月的人身後，還在廝殺的黑衣人和八月的人都停了下來，卻仍握著刀劍、彼此對峙。

雲歌對九月說：「放開我。」

九月看到雲歌靜若死水的眼睛，寒意侵骨，不自覺地就鬆了手。

雲歌跳下馬，向黑衣人走去，「放了富裕。」

黑衣人的動作快如閃電，一手將富裕拋向九月，一手把雲歌抓上馬，策馬而去。

雲歌異樣的安靜，沒有絲毫反抗，可因為主人事先有過吩咐，黑衣人對這丫頭不敢輕估，仍把備好的一顆藥丸遞到雲歌嘴邊，「只是一顆迷藥，讓妳睡一覺。」

雲歌一言未發地將迷藥吞下。

寒冬臘月，天寒地凍。

窗戶上蒙的紗已經殘破，北風一吹，冷氣直往屋裡鑽。屋內既無火盆，也無暖炕，霍成君走進屋中，覺得和屋外沒任何區別。一旁的小吏陪著笑說：「地方太簡陋，有汙小姐。」

霍成君冷冷地看著蜷臥在榻上的雲歌，「我倒覺得這裡的布置仍然太奢華。」

小吏立即說：「是，是，小的也覺得太奢華了。」

「叫醒她！」

小吏已經揣摩清楚霍成君的意思，立即命人去打冷水，潑了一桶到雲歌身上。

雲歌體內的迷藥在寒冷下，散去了幾分，身子卻仍然發軟，強撐著坐起，看到霍成君，也未驚訝。

霍成君微笑著，走到她身前，居高臨下地看著她。雲歌的雙瞳中，太過淡然平靜，沒有霍成君想看到的恐懼慌亂祈求。霍成君瞅了眼小吏，小吏會意，拎著桶冷水，笑嘻嘻地走到榻旁，從雲歌的頭頂緩緩澆下。

雲歌兩日沒有進食，又身中迷藥，根本無力反抗，她也放棄了無謂的掙扎。既不哀求，也不唾罵，任由混著雪塊的冷水當頭澆下，只安靜地看著霍成君，漆黑的眼睛內有種一切都沒放在心上的漠然。

霍成君為了這一日等待多時，一直暢想著雲歌的落魄悲慘，臨到頭，卻只覺自己的一腔怨恨連一點水花都未激起，看到雲歌的樣子，新怨舊恨都上心頭，臉上反笑得越發歡快，「去找根馬鞭來。」

小吏立即領命而去。

霍成君接過小吏尋來的馬鞭，笑著吩咐：「你們都出去。」將鞭子抖了抖，用力抽下，雲歌下意識的躲避，卻因身上無力，根本沒有躲開，衣服應聲而裂。

「這一鞭子本該多年前就抽妳的！在街上衝撞我，殺害了我的寶馬，卻毫無愧疚！」

又一鞭子。

「這是因為我救了妳，妳卻恩將仇報！」

又一鞭子。

「這是因為……因為……」霍成君無法說出心上的那道傷痕，只得將羞憤化作了更狠毒的一鞭子。

「這是為了我大哥挨的板子！」

「為了母親打我的耳光！」

「這是因為劉弗陵。連我入宮，妳都要和我過不去！花費了無數心思的歌舞，卻成了眾人的笑柄！」

霍成君越打越急，毫不顧忌、一鞭緊接一鞭地抽打下去，心中的怒火沒有絲毫消逝，反倒燒得人欲瘋狂。

一個黑衣男子匆匆進屋，沉聲說：「霍小姐，主人還要用她。」

霍成君清醒了幾分，看到雲歌的樣子，覺得這麼多日子以來從未有過的暢快，她笑對雲歌說：

「今日先只要妳半條命，過幾日再送妳去和劉弗陵團聚。」

渾身血痕，臥趴在榻上的雲歌身子猛地一抖。

霍成君還想再刺雲歌幾句，黑衣男子道：「霍小姐，這裡不是您久待的地方，請回吧！若被人看見，後果……」他沒有再說，只做了個「請」的姿勢。

霍成君明白黑衣男子說得很對，扔了馬鞭，笑著離去。

起先澆的雪水已經結冰，混著雲歌的鮮血，凝在榻上，如同鋪了一層血水晶。雲歌軟軟地趴在血水晶上，背上全是縱橫交錯的鞭痕，整個背部被打得皮開肉綻、鮮血淋漓。很難想像這麼重的傷會是一個看著溫柔秀美的閨閣千金打出來的。

青蛇竹兒口，黃蜂尾後針；兩者皆不毒，最毒婦人心！黑衣男子搖了搖頭，去探看雲歌。被打得那麼狠，雲歌都未發一聲，男子以為雲歌早已暈厥，翻過雲歌身子，卻看她眼睛睜著，只是目中無一絲神采。男子翻動她身子時，她的傷口又開始流血，她卻沒有一點反應。

男子對立在門口的小吏吩咐：「這裡不是還關著很多女人嗎？去找個女人來幫著收拾一下傷口，再弄個火盆。」

小吏冷哼，「這裡是我做主，還是你做主？你沒聽到霍小姐剛才說什麼嗎？我的前程……」

黑衣男子截道：「我只知道若她現在就死了，你和我都得給她陪葬。」

小吏在前程和性命之間衡量了一下，還是決定選命，嘴裡罵罵咧咧地命人去找衣服、生火盆，自己去找個略懂醫術的女人。

霍光要上官小妹下了一道旨意，命劉賀進京。

劉賀接到旨意的同時，也接到了孟珏的消息──「守拙示弱，登基為要。雷霆手段，擊殺劉詢。」

他淡淡一笑，將孟珏的消息燒掉，命下屬準備進京。

從劉賀小時就侍奉至今的近臣王吉問道：「王爺，容臣問句不該問的話，王爺究竟想不想進京？」

劉賀明白他意有另指，答道：「現在的形勢下，我能選擇嗎？皇后娘娘下旨徵召我進京奔喪，我能不去嗎？」

王吉卻仍固執地問：「臣只想知道王爺的本意。」

劉賀微笑著說：「不知道，姑且走一步，看一步吧！」

王吉沉默了一會兒，說：「臣明白了，臣下去準備了，此去……唉！」王吉長嘆了口氣，「臣會多命一些人隨王爺進京。」

他剛想走，劉賀叫住了他，一面想，一面開始點人名，王吉忙提筆記下。

劉賀一口氣點了幾十個人，才停了，笑咪咪地說：「這些人都要帶上，別的……別的就由你挑吧！不過不許超過二十人，我還要帶姬妾婢女呢！人再多，就要越制了。」

王吉眼中有「朽木不堪雕」的無可奈何，卻只能應諾著，退出了大殿。

劉賀目送王吉離去，臉上的笑意漸漸淡了，一陣清冷襲上心頭，只覺得說不清楚的寂寥，側頭間，看到紗簾後的紅衣正望著他，眼中有迷惑不解，還有著急，他忽又笑了，輕聲叫：「紅衣！」

紅衣小步過來，跪在他膝前，剛想比劃，他握住了她的手，「我知道妳想問『為什麼命那些人隨行？』」

紅衣點了點頭。劉賀點的這幾十人，有的是當年燕王放置在他身邊的人，有的是上官桀安插進來的人，有的是霍光的人，還有的是廣陵王的人，反正不是這個人的探子，就是那個人的暗哨。

「我帶他們去自然有我帶他們的用意，我不想多帶自己的人也自然有我的想法，此行風險很大，我捨不得拿自己人去冒險，只好請他們這些神神鬼鬼陪我玩一場了。」

紅衣想了一會兒，仍然不明白，不過既知道這是公子的有意安排，就不再多問，只甜甜一笑，指了指自己。

「妳也要隨去？」劉賀溫和卻堅定地搖了搖頭，「不，妳留在這裡等我回來，等我擺脫了長安的事情後，我再帶妳出去玩。」

紅衣著急，剛想比劃請求，劉賀把她拖坐到榻上，頭枕著她的腿，「讓我休息一會兒，過後還有很多事情要忙。」語聲中有濃濃的倦意。

紅衣眼中有憐惜，關於自己的一切都立即變得不再重要，重要的是他現在累了。她輕輕替劉賀取下髮冠，把頭髮散開，讓他能睡得更舒適。

劉賀帶著兩百多人，浩浩蕩蕩地上了路。

此行雖然帶了不少婢女，卻都不是從小服侍他的人，劉賀也就沒指望路途上能有多舒適。可說來奇怪，一路上，想吃什麼、想用什麼，總是未等他開口，一切就已經備好。剛開始，因為心中有事，他還未多想，只以為是婢女乖巧，還重重賞賜了她們，後來卻漸漸留意起來。

一日清晨，起來後發現婢女拿來的衣袍恰是他今天想穿的，端上來的早飯也恰是他今天想吃的重口味，心裡突地反應過來。這世上，還能有誰做到這一步？胸中有怒，卻也有一陣一陣莫名的牽動。

劉賀坐到了案前，夾了一筷子菜後，笑著問：「這些都是妳做的？」

婢女想著又有賞賜了，興高采烈地說：「是。」

劉賀微笑著又問了一遍，「這些都是妳做的？」

婢女的聲音有一瞬猶疑，「是。」

「這些都是妳做的？」

婢女的聲音已如蚊蚋，「是……」

劉賀依舊笑著，「我只再問最後一遍，這些是妳做的？」

婢女立即軟跪在了地上，「奴婢知錯！奴婢該死！奴婢不該鬼迷心竅……」

劉賀再無心情聽她求饒，對著外面高聲說：「紅衣，妳還不進來領罪？要讓我下令斬了她們嗎？」

穿著侍衛裝束的紅衣掀簾而進，跪到劉賀面前，臉上既無抱歉，也無害怕，只有一股隱隱的倔強。

劉賀看了她半晌，原本責罵的話全都沒了，揮手讓仍在磕頭的婢女退下，又對紅衣說：「妳先起來。」

紅衣跪著不動。

劉賀知道她想讓自己先答應她留下，心頭火起，沒理會她，自顧自地開始吃飯，一頓飯吃完了，紅衣仍一動不動地跪在地上。劉賀想起她小時候被罰跪在砂礫上的情景，才八九歲的小姑娘，跪了一日一夜，膝頭皮開肉綻，仍沉默著一個字不肯說。

他想著進京後，把紅衣安置在宮外的驛館，與其他人分開，即使發生什麼，也牽扯不到紅衣。他無聲地吁了口氣，板著臉說：「我要喝茶！」

紅衣聽到他冷冰冰的話語，卻一下笑了，從地上跳起，興沖沖地就要去煮茶。

「站住，妳先去把衣服換了，看得人傷眼！」

紅衣笑著連連點頭，高高興興地去了。

劉賀看到她的樣子，搖著頭，喃喃自語地說：「我算哪門子王爺？竟老是被一個丫頭逼得退讓！」

劉詢曾是江湖遊俠的首領，手下多能人異士，劉賀本以為進京的路程不會太平，卻不料一點阻礙未遇到，順利得不能再順利地就到了長安。手下的人都興高采烈，劉賀卻高興不起來。劉詢敢讓他進長安，肯定是有所布置，再想起劉弗陵臨終前和他說的話，他只覺心灰意懶、意興闌珊。

劉賀到長安時，霍光和諸位大臣出城迎接。

雖然眾人心中都明白霍光的意思，可因為還沒正式登基，所以仍按藩王的禮儀迎接，都未敢越矩。

劉賀來的一路上，又鬧了不少荒唐事，每經過一地，聽聞當地有什麼好玩的東西，必要搜刮了去，有什麼好吃的，也必要給他獻上，惹得百姓唾罵昌邑王是蝗蟲。

朝內群臣嘆息，霍光卻很滿意，越發定了立劉賀為帝的心，不過表面上仍然態度含糊，只由御史大夫田廣明主持所有事務。

長安城內的禁軍、羽林營都是霍家的人，還有關中大軍的後援，一聲令下，十萬大軍一日內就可以趕到長安，霍光覺得所有事情都盡在掌握，只需按部就班，遵照禮儀讓劉賀登基。等劉賀登基後，朝務就全在他手，隱忍多年的理想，也似看到了實現的一天。

可天不從人願，事情開始一點點地偏離他所預計的方向。

首先是國璽、兵符失蹤。

他派人搜遍未央宮、驪山，所有可疑的人也都一一查過，卻怎麼都找不到國璽、兵符。沒有國璽，皇帝登基時，如何發布昭告天下的詔書？沒有兵符，如何調遣天下兵馬？

劉弗陵信任的人也就那麼幾個，一個個排除後，霍光推測國璽和兵符應該被失蹤的雲歌拿走，立即下令不惜一切代價找出雲歌。

雲歌的事情還沒有解決，又一個不好的消息傳來。

匈奴的右谷蠡王出兵，試探性地襲擊關中地區。

霍光在戰與不戰之間猶豫。不戰，後果難測，如果匈奴得了甜頭，很有可能集結大軍發起進攻；可應戰的話，關中大軍就會被匈奴的兵力拖住，萬一長安有變，肯定不能迅速趕回。

霍光還沒有決定是否應戰，烏孫又傳噩耗。

當年為了分化西域，阻擋匈奴，武帝劉徹送楚王劉戊的孫女解憂公主和親烏孫。

解憂公主是一位極有膽魄計謀的女子。自她去了烏孫，說服烏孫大王與漢朝友好，聯合周邊的西域各國，共擋匈奴，替漢朝化解了很多來自匈奴的威脅。

近日，烏孫國王翁歸靡病逝，匈奴聯合西羌趁機進攻烏孫，勢如破竹，吞併了惡師、車延。烏孫國內對漢朝一直不滿的貴族勢力推舉了有匈奴血統的新王，打算先殺解憂公主，再向匈奴投誠。

解憂公主帶著兒子、女兒，率領忠於先王的軍隊和新王的軍隊苦苦周旋，派人送信給漢朝，請求漢朝出兵助她。她還不知道劉弗陵已經駕崩，所以求救的信是寫給皇帝劉弗陵的。

霍光看到解憂公主的信時，神情怔怔。

解憂自從離開漢朝，三十年都未有片言隻語，以她的剛烈性格，若非事關百姓的性命，她絕不會開口求助。

霍光那邊愁眉不展，劉詢卻是喜得擊掌長嘆，「天助我也！」翁歸靡死得太恰到好處！他對李遠又讚又忌，此人年紀只比他略大，行事卻如此老練、穩妥。天時、地利、人和，全被他用盡了！幸虧此人雖算不上友，卻絕不是敵。

霍光此時只有兩條路可走：一，速戰速決，儘快解決新帝的事情，因為只有新帝登基，才有可能發兵救助解憂公主；二，不理會解憂公主的生死，放棄烏孫，一意和朝中反對劉賀登基的勢力周旋，直到劉賀登基。可是，放棄烏孫，就意味著放棄漢朝在西域幾十年的經營，也意味著放棄了西北邊疆漢朝子民的性命，任由匈奴、羌族長驅直入。

何小七問：「侯爺覺得霍光會選擇哪條路？」

劉詢淡淡說：「霍光是權臣，並非奸臣。對皇帝而言，他不算好臣子，可對百姓而言，霍光是好官。他在朝為官三十多載，沒有做過一絲一毫對不起天下百姓的事情，劉弗陵的每一次改革，他都力排眾議，全力支持，沒有霍光的支持，漢朝說不定早成為另一個秦朝。西域絕對不能放棄，否則對漢朝的危害有多大，霍光比任何人都清楚，更何況解憂公主並非一般拿去濫竽充數的女子，她是宗室公主，霍光若不救她，那些藩王正愁找不到霍光的碴。」

何小七道：「我打聽到，當年送解憂公主出塞和親的人是霍光和李陵，如今李遠利用解憂公主逼迫霍光，事情未免有些湊巧，我怕此人別有用心。」

劉詢冷笑，「本來就是彼此利用，我達到我的目的就可以了。」

僕人稟告「張賀來訪」，何小七行禮退下。

劉詢和張賀聊了幾句別的事情，裝作無意地問起霍光和李陵。

張賀對李陵似極其敬佩，雖然李陵早已是匈奴的王爺，他提到時仍不肯輕慢，「……李陵是飛將軍李廣的孫子，霍光是驃騎將軍霍去病的弟弟，兩人都身世不凡，當年都只十七八的年紀，相貌英俊，文才武功又出眾，極得先皇看重，當時長安城裡多少女子……」張賀嘿嘿一笑，有些不好意思，「我看我年紀真大了，有的沒的竟扯起這些事情來。」

劉詢笑道：「人不風流枉少年！伯伯乃孝武皇帝重臣的長公子，當年風華正茂，想必也是長安城裡的風流公子。」

「我和別人比還成，和他們兩個不能比。痴長他們許多歲，卻還只是個小吏，他們都是先帝近臣，出入宮禁，如自家府邸，這些人的事情離我很遠，知道不多。」張賀嘆了口氣，無限唏嘘，「唉！人生起伏，誰能想到？這兩個長安城裡最出類拔萃的人，一個後來竟娶了匈奴公主，當了匈奴的王爺，手中重兵在握。一個在漢朝隻手遮天，權傾朝野……」張賀的言語間，流露著如果李陵未走，也許漢朝的格局就不是現在的格局，霍光也不會無人牽制。

劉詢看問不出什麼重要消息，轉移了話題，開始商議正事，對張賀說：「我會設法讓廣陵王給霍光一點壓力，張將軍那邊……」

張賀點頭，表示明白，「侯爺放心，形勢未明之前，我弟弟絕對不敢幫霍光。我已經和他撂狠話了，他是個精細人，自會衡量。只是，廣陵王剛愎自用，如何讓他按侯爺心意行事？」

「我自有辦法，你只管等結果就行了。」

趙充國恰好進來，聽到劉詢的話，笑道：「侯爺終於有動作了，我們看侯爺一直不發話，心都懸得老高！」

劉詢忙站起來，親自迎他，「將軍來得正好，將軍一直屯兵西北，我正想問問將軍，西域烏孫的事情怎麼辦。」

趙充國聞言，愣了一愣，對劉詢立即生了幾分敬重。這個節骨眼上，未心心念念只盯著帝位，還操心著烏孫的事情，這個新主子志向可絕對不低！

「烏孫的事情，說難很難，說好解決也很好解決，只要有皇上聖旨，命臣發兵，臣有信心幫解憂公主打退叛軍。」

劉詢卻有更深一層的擔憂，「烏孫國的內戰看上去是保守勢力和革新勢力的鬥爭，其實是遊牧民族和農耕民族的鬥爭，是匈奴、羌族和我朝的鬥爭。叛軍背後是匈奴和羌人，如今朝政不穩，我朝還沒有能力和匈奴、羌族正面開戰。即使叛軍失敗了，可烏孫國內的匈奴、羌族勢力仍然存在，解憂公主能不能順利掌控烏孫仍很難說。」

趙充國呵呵笑起來，「侯爺沒有見過解憂公主，所以有此憂慮。她不是一般女子，只要烏孫國內形勢安定，再有我們在後面給她一定幫助，她肯定有辦法渡過這個難關，將烏孫國內的匈奴和羌族勢力壓制下去。」

劉詢拍了下桌子，躊躇滿志地說：「好！那我們就盡全力幫解憂公主登上烏孫太后的寶座。」

張賀笑著提醒：「要自己先登基，才能談幫助別人登基。」

趙充國點頭。

劉詢大笑，「放心，我沒有忘。就要拜託趙將軍了。」劉詢向趙充國抱手為禮，「麻煩將軍聯繫一切能聯繫的力量，開始公開反對劉賀登基，不管霍光用什麼辦法逼迫都寸步不讓，即使他想調動軍隊開打，那你就準備好打！反正一句話，氣勢上絕對不能弱過他！」

趙充國有著軍人的特點。他毫不憂慮：打？如何打？即使他手握西北大軍，可糧草呢？後勤如何補給？又該用什麼名目發兵？如何向天下人交代？

他只接受命令，執行命令，絕不質疑命令，「下官立即去準備。」向劉詢行了一禮，匆匆離去。

令霍光頭疼的事情還沒有解決，廣陵王不知道從哪裡聽了一些風言風語，嚷嚷著說，劉弗陵正當盛年，去世太突然，只怕朝中有奸佞，要求進京護靈，並開始集結廣陵國的兵力。

霍光去找張安世商議此事，希望加重廣陵國附近的駐兵，命他們嚴守關卡，絕不能讓廣陵王離開封國，否則其他宗室藩王有樣學樣，都要求進京，天下會大亂。

張安世的回答讓霍光很無奈。

「調兵的事情，我只受命於皇上，只聽命於兵符。」

隱藏的回答就是霍光不能讓他隨意調動兵力，若想讓他和廣陵王開戰，請拿皇帝的聖旨來，請拿兵符來！

霍光心中一橫，決定不管國璽、兵符，先讓劉賀登基，這樣至少可以讓劉賀用皇帝的名義下旨。可是沒想到竟然遭到不少重臣的強烈反對，趙充國甚至在金殿上拔刀相對，大聲呵斥御史大夫田廣明，責罵他是奸臣賊子，想選個昏君來誤國。一些中間派看到有了如此強烈的反對意見，立即都縮了腦袋，支支吾吾地再不肯明確表態，尤其是丞相楊敞，為了避開浪鋒，居然連裝病的花招都使了出來。

朝中勢力僵持不下，短時間內，霍光沒有任何辦法讓眾人都同意劉賀登基。

朝中官員的爭鬥一觸即發，一個不小心，甚至會變成遍及天下的戰爭，可劉賀這個引發爭執的人卻對此毫不關心，整日在未央宮內花天酒地，甚至在劉弗陵靈柩前飲酒、唱歌，惹得大臣紛紛暗斥。

民間開始有一些亂七八糟的流言，影射霍光選擇劉賀這個昏君，是為了日後篡位登基，甚至開始有童謠傳唱，「真龍沉，假龍升。雨點大，亂帝畿。」

霍光憂慮漸重，找到劉賀，語帶警告地說了幾句，不想劉賀醉眼惺忪，一副混混沌沌的憊懶樣子，氣得霍光甩袖而去。

匈奴，西域，羌人，烏孫，廣陵王，還有朝廷內湧動著的暗流。

國一日無君，一日百事不興。

霍光頭疼萬分。

霍成君推開書房的門，看父親盯著牆上的彎刀怔怔出神。

「爹？」

霍光立即把手中的信收了起來，「成君，有事嗎？」

霍成君走到霍光身後，幫他捶著肩，「爹，自皇上駕崩，你就沒怎麼休息過，今天早點休息吧！」

霍光疲憊中湧出了無力感，「人算總是不如天算！烏孫的國王早不去世，晚不去世，偏偏趕著了這個節骨眼去世。」

霍成君道：「爹爹，不要太過焦慮。只要新帝登基，父親透過他將政令頒布，一切都會好起來的。」

「我一直沒想明白國璽和兵符去了哪裡，雲歌若身藏國璽、兵符，她應該要用國璽和兵符為皇上辦事，不會遠離長安，可直到現在她仍然不露面，皇上到底在想什麼？」

霍成君想了想說：「爹，你有沒有覺得皇上挺奇怪的，他為什麼沒有頒布旨意，指定是誰接位？」

霍光不說話，這個問題他也想過，甚至暗中做過準備，打算用雷霆手段應付一切，可皇上無旨意，所有的計畫驟然都落了空，這個劉弗陵從來不按棋理落子！

「爹，你覺得皇上屬意的人是誰？」

「現在看來，應該是劉詢。如果是劉賀，趙充國就不會一直反對劉賀登基，國璽和兵符也不會一直失蹤。哎！」霍光長嘆，「都是當年一念之仁，否則今日就不必……」

霍成君不解，仔細想了會兒，試探著說：「爹爹的意思是，爹一直知道劉詢？」

霍光冷哼：「若不是我，妳以為只靠衛太子的舊臣就能避開所有追殺他們的人？若不是我肯定地告訴上官桀劉詢已死，劉詢後來能在長安城外做劉病已？」

霍成君小心地問：「爹爹打算怎麼辦？要不要設法把劉詢抓起來，問出國璽和兵符的下落？」

霍光搖頭，「不會在他那裡。劉詢若有兵符，長安城怎麼還會是如今的僵持局面？」霍光一邊思索，一邊說：「我大概一開始就想錯了，我一直以為皇上一定會選劉詢。可也許對皇上而言，劉詢和劉賀是有差別，但是差別並沒有大到用天下萬民的性命去爭，就如我們霍家看待這兩人，不管誰登基，都有利有弊，沒有任何一個人好到值得我們霍家為他全力以赴、誓死扶持。皇上應該只是一個傾向，因為害怕兵禍，所以並沒有孤注一擲選擇誰，他也許預留了一個時間，等誰占了上風，他就選擇誰。」

霍成君說：「那我們就慢慢等，現在仍是父親占上風，到了皇上定的日期，雲歌自然會出現，交出國璽、兵符。」

霍光嘆氣，「皇上駕崩前定未料到有今日的局面，否則以他的性格，絕不會如此做，我朝在西域花費了近百年的心血才有今日，不能功虧一簣！我等得起，可漢家江山等不起！西北的百姓也等不起！」

霍成君呼吸一滯，「父親的意思是要讓劉賀立即登基？只怕不容易……」

霍光搖頭，微笑著說：「爹本想給妳挑個英俊夫婿，可……唉！劉詢雖長得不如劉賀，不過更容易讓妳做皇后。」

霍成君早羞紅了臉，捶著霍光嚷，「爹，人家陪著您聊正經事情，爹卻拿女兒打趣！我才不管誰做皇帝呢！」

霍光決心既定，一切就不再成問題，輕鬆了許多。

霍成君坐到霍光身側，「那劉賀怎麼辦？雖然沒有正式登基，可很多人已當他是皇帝了。」

霍光皺眉思索，很久後，才道：「我還是看走眼了。能讓劉弗陵考慮將江山交付的人，絕對不是個荒唐人！」他立劉賀，又廢劉賀，劉賀必定會對他不滿。劉賀身邊的人也不能再留。既然決定了除草，就務必要除盡，否則不知道什麼時候它又長了出來，最後打蛇人反被蛇咬。

聽到外面僕人稟告「大司農田延年到了」，霍光對霍成君說：「妳回去吧！這些事情爹自會處理，妳安心等著進宮做皇后就行了。」

霍成君紅著臉，輕應了聲「是」，起身離去。

深夜。

霍禹已經睡下，卻又被人叫醒，說霍光要見他。

霍禹知道必有不同尋常的事情發生，不敢遲疑，忙趕著來見霍光。霍光命他明日一早就拉劉賀去上林苑遊玩，無論發生任何事情，都不能讓劉賀離開上林苑。霍禹忙應是，轉身想走，霍光又叫住了他，凝視著他說：「爹平常對你嚴厲了些，只因為霍家滿門將來都要倚靠你，你能明白爹的苦心嗎？」

霍禹看著父親迅速蒼老的面容、斑白的頭髮，心中一酸，以往對父親的憤怨全散了，「都是兒子不爭氣。」

霍光微笑著說：「明日的事情不可走漏風聲，你一定要做到。」

霍禹跪了下來，定聲說：「爹放心，兒子雖然有時候有些荒唐，要緊的事情卻不敢糊塗，明日兒子一定會把劉賀留在上林苑。」

霍光又命人傳了霍雲、霍山、范明友來，細細叮囑，等所有事情安排妥當，東邊已露了魚肚白。

清晨。

大司農田延年當庭奏本，陳述劉賀荒唐，說到劉賀竟然在劉弗陵棺柩前飲酒吃肉時，他傷心欲絕、痛哭失聲，不少臣子想到劉弗陵在時的氣象，再看看如今朝堂的混亂，也跟著哭起來，一時間，大殿裡哭聲一片。

田延年哭著對霍光說：「昔日伊尹當商朝宰相時，為了商湯天下，不計個人得失，廢了太甲，後世不僅不怪他，反而皆稱其忠。將軍今日若能如此，亦是漢之伊尹也！」

霍光躊躇著說：「以臣廢君，終是有違臣道！」

田延年哭說：「將軍不敢做主，可以請太后娘娘做主。」

眾人都齊齊說好，雋不疑也進言說：「大司農說的很有道理，我們不妨請太后選擇賢人。」

霍光只能答應。

漢朝太后的起居宮殿是長樂宮，可因為劉弗陵剛駕崩，劉賀還未正式登基，所以上官小妹仍住在椒房殿。

小妹聽完眾人來意，驚懼不安，望著霍光，遲遲不肯說話，霍光誠懇地說：「太后有什麼想法儘管告訴臣等。」

小妹怯怯地問：「不知道大將軍覺得誰是賢人，足擔社稷？」

霍光掃了眼田延年，田延年奏道：「衛太子的長孫劉詢，先皇曾多次誇讚過他，說他『可堪重用』。」

霍光點頭，「臣也記得先皇說過這話。」

小妹眼中突地有了淚水，「本宮也聽過，好像是去年除夕夜當著各國使節說的。」

眾位臣子都一邊回憶，一邊頷首。

霍光問：「那太后的意思……」

小妹道：「眾位愛卿都是我大漢的棟梁，若各位覺得劉詢是賢者，本宮就頒布旨意，廢除劉賀，迎立劉詢。」

趙充國立即跪下，一面磕頭，一面大聲說：「太皇太后英明！」

霍光、田延年、雋不疑也跪了下來，紛紛口呼「太皇太后英明」。

楊敞看到僵持的兩方已經意見一致，也忙跪倒，大呼：「太皇太后聖明。」

所有大臣紛紛叩拜，小妹任由他們叩頭，眼睛凝望著前方，卻毫無落點，只有一片濛濛霧氣。

霧氣中浮現著他的淡淡笑意。

她握著他的手。

他說：「我信妳。」

至此，百官在迎立新君一事上，終於意見一致。

六順看到霍光率領朝廷重臣來見上官小妹，卻無霍禹、范明友、鄧廣漢幾人，想到當年公主家宴的情景，心中「咯登」了一下，忙命手下的小宦官設法把消息傳遞出去。

劉賀一大早就去了上林苑打獵遊玩，住在驛館的紅衣接到六順的消息，立即去尋劉賀，可整個上林苑外都有重兵駐守，根本無路可入。

紅衣自小在王府中長大，宮廷風波看過的、聽過的已多，見到今日的場面，遍體生寒，想著劉賀生死未卜，心下一橫，決定無論如何也要見到他。

可是如何進去呢？

上林苑占地寬廣，從孝武皇帝劉徹開始，就是皇家禁地，武帝末年，土地流失嚴重，加上天災人禍，很多農民無地可種，他們看上林苑附近的山坡水草肥美，雖知是皇家禁地，可走投無路下，仍偷偷在上林苑放牧。劉徹知道後，下令殺過幾次違命者。但不放牧是餓死，放牧卻還可以多活幾天，所以仍有農民來此，竟是殺之不絕。劉弗陵登基後，聽聞此事，下令禁止誅殺牧者，朝臣反對，劉弗陵只淡淡說：「天下治，民自歸。吾等過，民犯險。」朝臣訥訥不能語。

後來，牧者發覺兵士只會偶爾來驅趕，卻不會真正逮捕他們，膽子漸大，來此放牧的人越來越多，皇家禁苑不見珍禽異獸，反而常聞牛哞羊咩，也算一大奇景。再後來，隨著劉弗陵的執政，來此放牧的人越來越少，但仍會有好奇、貪玩、或偷懶的牧童來此放牛，只要不太靠近兵營駐紮區，士兵也就睜一隻眼、閉一隻眼，由他們去。

上林苑漸漸變成了一處極奇怪的地方，雖是皇家禁苑，卻可在周邊的山坡上偶見牛羊。

紅衣所立之處，恰是一面山坡，當她看到遠處的牛群時，計上心頭。

連比帶劃中，她用重金將所有牛買下，又請放牛人在牛尾上綁上麻繩，把牛驅趕到上林苑附近的山坡上。

放牛人知道此處是軍隊駐紮的禁區，但禁不住重金相誘，又看紅衣一個嬌滴滴的弱女子，不像能鬧出什麼事情的壞人，所以依言照做。

羽林營是令匈奴都膽寒的虎狼師，今日她卻要孤身一人闖此龍潭虎穴，不是沒有怕，但……

紅衣深吸了口氣，毅然將牛尾上的麻繩全部點燃。

火燒屁股，上百頭牛立即狂性大發，揚蹄朝上林苑衝去，大地都似乎在輕顫。瘋牛連虎豹都會退讓三分，上百頭瘋牛的威力可想而知。上林苑外的士兵猝不及防間，被牛群沖散。

漫天煙塵中，眾人只看一個女子一身紅衣，手持長劍，尾隨在牛群後，飄然而入，身姿曼妙。

羽林營不愧是聲震天下的虎狼之師，在短暫的驚慌後，立即鎮定下來。有人持鐵盾上前，結隊驅趕牛群；有人挽弓射牛，每箭必中牛脖；還有人負責追捕紅衣。

追捕的士兵高叫：「兵營重地，擅闖者，格殺勿論！立即止步，也許還可保得一命。」

紅衣充耳不聞，身形不見停，反倒更快。

她在樹林、溪流、屋宇間飛掠而過，遊目搜索著劉賀，身後的羽箭紛紛不絕，紅衣只能聞音閃避。一路飛縱，她終於看到遠處校場上的劉賀。他正搭弓射靶，身形挺拔，姿容俊美，恍若畫中人，校場四周發出雷鳴般的喝彩聲。

守在校場外的士兵看到紅衣，立即圍堵過來。

紅衣心內焦急萬分。如果她能說話，此時也許只需要一聲大吼，可她一聲都發不了，只能迎著密密麻麻的刀刃繼續向前。

挽起清冷的劍花，以纖弱之姿，迎滔天巨浪。

每前進一步，都有鮮血飄落。紅衣不知道這些鮮血是她的，還是別人的，她唯一知道的，就是不管多艱難，她都一定要見到他。

漸漸接近校場，人群中越來越多的人聽到兵戈聲，紛紛回頭看。

只看一襲燦若朝霞的紅影，在漫天的刀光劍影中飄飛。

每一次都覺得那紅色雲霞會被絞碎，可她就如疾風中的勁草，每一次的折腰後，卻又堅韌地站起。

劉賀正引弓欲射，看到眾人的異樣表情，笑著回頭，恰看見一線寒芒堪堪從紅衣裙邊劃過，心神巨顫，立即喝叫：「住手！」

霍禹卻不出聲，羽林士兵也就對這個未登基皇帝的命令置若罔聞。紅衣在刀光劍影中苦覓生機。

突然，劉賀將手中的弓箭對準了霍禹，「立即命他們住手。」

校場寂靜，所有人都似屏住了呼吸。

兵器相撞的聲音，仍持續不斷地從校場外傳來，寂靜中顯得十分刺耳，令所有人心驚肉跳。

只看劉賀臉上往日的嘻笑不羈蕩然無存，眼內鋒芒淩厲。有人偷偷想拔刀，劉賀隨意踢起地上的一隻羽箭，好似看都沒有看，卻正中那人心口，武功之高讓霍禹震驚。

他冷聲問霍禹：「我能當場殺了你，可你有膽弒君嗎？」

霍禹有了懼怕，忙跪下，「臣不知道這女子是王爺的人。」扭頭下令：「住手！都住手！」

所有士兵立即收起兵器退開。

紅衣向劉賀走去，剛走了兩步，忽想起他最討厭女子的殘忍殺戮，立即將手中的長劍扔掉。

劉賀看到紅衣無事，一顆掉落的心，才回到了原處。

剛才看到刀劍叢中的紅衣時，只覺刺向紅衣的每一劍都在刺向自己，居然如得了失心瘋般，想都沒有想的就把箭對準了霍禹，只要霍禹不下令，即使明知道霍禹是霍光唯一的兒子，他也會不管後果地射殺霍禹。

紅衣走到劉賀面前，柔柔地笑著，一邊笑著，一邊向他打手勢。

劉賀的臉色越來越凝重，一個旋身，如大鳥一般飛撲霍禹。

霍禹想閃，侍衛想救，卻看劉賀如入無人之地，所有碰到他掌鋒的人，聲都未發，就一個接一個地倒到了地上。

霍禹在劉賀手下才走了四五招，就被劉賀擒住。

劉賀的一連串動作兔起鶻落，迅疾如電，等羽林士兵圍過來時，霍禹已經在劉賀的手中，眾人都不敢再輕動。

如老鷹提小雞，劉賀拎起霍禹，將他丟給身後的親隨，「用他開路，立即回未央宮，命令所有人，不管發生什麼，都不許反抗，一切等我吩咐。」

隨從抓著霍禹迅速離去。

劉賀看隨從走了，掃了眼周圍持刀戈的士兵，笑起來，毫未將他們放在眼中，一面向前走，一面去摟紅衣，「靠在我身上休息會兒，我倒要看看誰敢動我？」

紅衣溫柔地凝視著劉賀，唇邊的笑意柔得如同江南春雨。

她握住了劉賀的手，身子卻軟軟地向地上滑去。

劉賀這才發覺，紅衣後背鮮血淋漓，只因為她穿著紅色衣裳，所以一直看不出來她已受傷。

劉賀一把抱住了她，臉上平靜的笑全部消失，換上了慌亂，對著周圍的士兵吼叫：「去傳太醫！」

士兵沒有動，劉賀的聲音如寒冰：「我一日姓劉，就一日能將你們抄家滅族！」

士兵不見得畏懼個人生死，可家人卻是他們的軟肋，立即有人跑著去找太醫。

紅衣感覺體內的溫暖一點點在流失，她有很多話要告訴劉賀，可手上再無力氣，在空中勉力地比劃了下，卻劃不出一句完整的話。

劉賀努力去按她的傷口，「紅衣，妳要服侍我一輩子的，不許妳逃走！」

她張了張嘴，想將多年的心事告訴他，可心中的千言萬語，到了嘴邊，只有幾聲喑啞的「嗚」「嗚」「呀」「呀」。

她眼中有淚，臉上卻仍然笑著，因為公子說過最喜歡看她的笑顏，她已經沒有了聲音，不能再沒有笑容。

「紅衣，紅衣，再堅持一會兒，太醫馬上就到！」

她摸索著去解腰上的穗結，劉賀一把將穗結扯下，按著她的手說：「不許再亂動！」

她的手簌簌直顫，伸手去握他的手，想讓他握住那個繩穗。

劉賀卻以為她想要繩穗，把繩穗用力塞到她手裡，很生氣地吼道：「我讓妳不要再亂動！」她每動一下，血就流得更急。

紅衣伸著手，想將繩穗遞給他。

她眼中瑩光閃動，卻仍努力地笑著。

周圍的一切都已淡去，她似乎又回到了昌邑王府，彼此日日相伴，朝夕相處的日子。

不過四五歲大，就進了王府做奴婢，接受嬤嬤的調教。

不管相貌，還是心眼，都算不得出眾的人，可因為生了一副好歌喉，他把她要到了身邊，日日命她唱歌給他聽。

那一年，她八歲，正是滿樹梨花壓雪白的季節，她穿著紅色的衣裙，躲在樹下練歌……

紅衣嫣然一笑，闔目而逝。

她剛伸出一半的手，猛然墜落，那個繩穗飄飄搖搖地跌入了塵土中。

劉賀如遭雷擊，只覺得胸內有個地方猛地炸裂，千萬碎裂的粉齏中有刺骨的疼痛，痛得整個人如要散掉。他覺得慌亂恐懼，槍林箭雨、生死一線間都不曾有過這樣陌生的感覺，陌生得他根本不知道自己為什麼會如此。

他緊緊地摟著紅衣，想用自己的身體溫暖她，留住她漸漸流逝的體溫，臉貼著她的臉頰，低聲說：「我早和妳說過的，妳的賣身契是死契，是王府的終身奴婢，永生永世不能離開。」

紅衣眼中的淚此時才緩緩沿著臉頰掉落，無聲無息地墜入了塵土中，唇畔卻依舊笑意盈盈。

第四十二章 血染同心縷，淚灑長命花

她側首時，溫婉的笑；
她低頭時，含羞的笑；
她抬頭時，粲然的笑；
還有她默默看著他時，欲說還休的笑……

劉弗陵駕崩後的第二十六日，大將軍霍光領上官皇太后口諭，下旨拘禁劉賀，又命范明友帶禁軍拘拿隨劉賀進京的昌邑國臣子。

霍光頭一天晚上給范明友的命令是：表面拘拿，實則斬殺。因為事出意外，昌邑國臣子肯定不會束手就擒，一定會反抗，范明友就可藉機用「抗旨」的罪名將所有人誅殺。可似乎走漏了消息，范明友趕到時，竟像劉賀事先下過命令般，無論禁軍如何挑釁，所有人都不出一言、俯首貼耳。范明友無錯可挑，不能藉機發難，只能將劉賀的臣子先拘押起來。

劉弗陵駕崩後的第二十七日，上官皇太后下詔，廢劉賀，立劉詢。

劉詢入宮祭拜劉弗陵棺柩，認劉弗陵為祖父，稱自己為劉弗陵嗣孫，又去叩見上官太皇太后，認上官小妹為祖母。

行完大禮後，上官太皇太后賜劉詢清茶，六順藉著奉茶，低著頭小聲問：「侯爺，可要更衣？」

劉詢微愣一下，不動聲色地接過茶，彎身叩謝上官太皇太后。等飲了幾口茶，劉詢向上官太皇太后告退，言道內急需去更衣，出了殿門，一個鵝蛋臉、模樣端正的侍女微笑著上前行禮，「奴婢橙兒，服侍侯爺去尚衣軒。」

劉詢點了點頭，沉默地隨在橙兒身後，一路行去，竟真進了更衣的尚衣軒中，橙兒請劉詢坐，「侯爺稍坐，奴婢去準備薰香。」

劉詢坐到香榻上，心中全是不解，上官小妹究竟想幹什麼？腦中忽閃過《史記》中的句子，「帝起更衣，子夫侍尚衣軒中，得幸！」只覺得眼前的一幕無比熟悉，不禁啞然失笑，平陽公主用衛子夫討好、拉攏劉徹，前提是「謳者進，帝獨悅子夫。」上官小妹若想用平陽公主的計策為將來鋪路，未免太小看了他。可是……現在能得罪上官太皇太后嗎？能不接受對方的示好嗎？

突然間，他有幾分頓悟劉徹當年的「急色」了。色非色，幸非幸，劉徹幸的是衛子夫，其實傳遞的是他願意接受平陽公主的效忠，這是一種無聲的結盟儀式，表示從此後，在陳皇后家族外，他接受了平陽公主的勢力。如果當時，劉徹拒絕了平陽公主，沒有臨幸衛子夫，後來的朝堂局勢會如何？平陽公主在未摸準劉徹的心思前，一定不敢對抗陳氏家族，那麼也就不會有後來的一切。

橙兒捧著薰香、淨手用具進來，劉詢唇角抿著絲淡笑看著她。

她深埋著頭，捧著香木盤，將手巾送到劉詢面前，小聲說：「侯爺，請淨手。」

劉詢沒有動，橙兒有些窘迫，只得自己將手巾掀開一角。

劉詢瞥到手巾下的國璽時，雙眼突地瞪圓，吃驚地看向橙兒，橙兒看到他的樣子，反倒鎮定下來，微笑著說：「奴婢奉太皇太后之命，將它們賜給侯爺。」

劉詢張了張嘴，卻嗓子發乾，說不出話來。

橙兒將木盤放到劉詢身邊，行禮告退，「侯爺請便，奴婢在外面候著。」

劉詢緊緊地握著國璽，心內最後的一點擔憂終於消失，本該高興，卻感到莫名的難受，眼前浮現的竟是劉弗陵的音容樣貌。

他深夜蒞臨寒屋，從此自己的命運改變；他賜自己官職，封自己為王侯；他親教自己詔書格式，何種詔書，該蓋何種印鑒，他將自己作為一個皇子缺失的課程全給補了回來；他教自己如何駕馭朝臣；他站在漢家地圖前，徐徐而談……

當劉詢更衣返來時，上官小妹頗有倦容，命他和隨行官員都回去。

劉詢向上官小妹跪下，連磕了三個頭，真心誠意地說：「太皇太后，皇孫定會克盡孝道。」

小妹微微而笑，十分客氣地說：「哀家早已經習慣一個人守著一座宮殿了，不喜歡打擾人，也不喜歡被人打擾，移居長樂宮後，你也不必日日來請安，把江山治理好，就是你的孝順。」

劉詢自然滿口應諾。

出了椒房殿，劉詢說想一個人走走，眾位官員立即都識相地向他告退。

不一會兒，偌大的宮殿就好似只剩了劉詢一人。

碧藍的天空，當中高懸一輪圓日，普照著大地，陽光強烈，映得人眼花，劉詢未閃避，反迎著陽光邊走邊審視著周圍的宮牆殿梁。從此後，這裡全部屬於他了！

他朝宣室殿行去，對趕來迎接他的七喜吩咐：「召孟玨覲見。」

孟玨奉召而來，一進入宣室殿，就看到坐在龍榻上的劉詢。記得上一次進宣室殿時，龍榻上還坐著另外一個人。他微微笑著，向劉詢行跪拜大禮，劉詢等他磕完頭後，才說道：「你是朕貧賤時的故交，何必如此多禮？」

孟玨恭敬地說：「皇上是九五之尊，君臣之禮絕不可廢。」

「朕能坐到這裡，還要多謝你。若無你的人幫朕鼓動廣陵王進京，霍光只怕不會這麼快決定，也要多謝你這二十多日，一直待在府中養花弄草。」

「皇上能有今日，是皇上雄才偉略，臣並無絲毫功勞。」

劉詢笑道：「從今往後，朕的一舉一動都會受人關注，若眾人發現朕的妻兒竟已失蹤二十多日，定會詫異詢問。孟愛卿有什麼高見？」

孟玨淡淡地笑著，「雲歌平安，許平君和劉奭自然也平安。」

劉詢沉默了一瞬，說：「其實你根本不必用平君和虎兒來威脅我，我不會傷害雲歌，無奈之舉只為讓你老實待在家裡，確保你不會干擾我的計畫，我會儘快放了她。」

「多謝皇上隆恩。」孟玨磕頭，「臣還想求皇上一件事情，容臣見罪臣劉賀一面。」

「他在霍光手中。」

「所以臣來求皇上，給臣一個恩典。」

劉詢面色為難，「朕盡力吧！」

孟玨又磕了個頭後，退出了宣室殿。

劉詢一個人坐了會兒，起身向外行去。七喜和兩個小宦官忙匆匆跟上。

劉詢一路默走，越行越偏。因為他並未穿龍袍，除了宣室殿、椒房殿這些大殿內值役的人外，大部分的宮女、宦官都不認識他，迎面而過時，紛紛給七喜請安，對劉詢反倒不理不睬。七喜幾次想要點破，都被劉詢的眼色阻止，只能忐忑不安地小心跟隨。

青磚鋪就的地面已經高低不平，雜草從殘破的磚縫中長出，高處沒過人膝。廊柱欄杆的本來色彩早已看不出，偶爾殘留的黑、紅二色，更顯得一切殘破荒涼，只有圈禁在四周的高高圍牆依舊彰顯著皇家的森嚴。

站在門口已經覺得涼意。這裡，連燦爛的陽光都照不進來。

幾個侍衛攔在門前，冷聲斥責：「這裡是掖庭冷宮，囚禁罪犯的地方，不得隨意出入。」

七喜忙上前出示了自己的腰牌，侍衛看是御前服侍的人，客氣了很多，「你既是宣室殿的人，自然知道規矩，這裡囚禁的不是孝武皇帝的妃嬪、宮女，就是罪臣的家眷，全是女子，連我們都不能入內。」

七喜又說了幾句，侍衛卻無論如何不肯放行，要麼需要宮廷總管的令牌，要麼需要皇帝旨意。

七喜有些動怒，劉詢卻淡淡笑了，「你叫什麼名字？」

侍衛沉聲說：「公孫止。」

劉詢攤開手，上面有一塊令牌，「我們可以進去了嗎？」

公孫止看是宮廷總管的令牌，呆了一呆，退到了一邊，「請進。」

劉詢一邊走，一邊隨手將令牌遞給七喜。

七喜遲疑了下，接過令牌，忙跪下，對著劉詢的背影磕頭，「謝皇上隆恩，謝皇上隆恩。」

劉詢步子未停，一徑地向前走著。幾個老宮女正靠著牆根打盹，看到他，剛想斥責，兩個黑衣人從屋內跑出，沉默地行了一禮，在前領路。老宮女立即閉上了嘴巴。

劉詢對七喜吩咐：「你留在這裡等朕。」

黑衣人領著劉詢走了一會兒，停了步子，指了指左手邊的屋子，低聲說：「人在屋裡。」

一間破舊的屋子，門前的荒草足可漫過門檻。窗上殘破的窗紗，被風一吹，嗚嗚地響著，如同女子的哭泣。

劉詢問：「這幾日她可好？」

黑衣人回道：「一直沒有說過話。倒是很聽話，從來沒有吵過，也沒有鬧過。霍小姐來過一次，用鞭子抽了她一頓。」

劉詢眉毛微不可見地皺了皺，淡淡問：「打得重嗎？」

「反正還活著，找了個關在這裡的老宮女在照顧她。」

劉詢揮了手，黑衣人都退了下去。他走到窗口，看向裡面。

一個人睡在榻上，一動不動，一頭青絲散亂地拖在枕上，面目被遮掩得模糊不清。

劉詢站了片刻，忽覺不對，幾步跨進屋子，一把拽起榻上的人，竟是個四十多歲的女子，他大怒，「來人！」

一個黑衣人匆匆進來，看到榻上的女子，立即跪下，「小的……小的……」卻根本不知該如何解釋。

劉詢並非常人，立即冷靜下來，知道問題的關鍵不在他，揮手讓他退下，看向榻上的女子，「妳想活，想死？」

女子微笑，眼內有看破一切的冷漠，「同樣的話，今天早上剛有人問過，所以我躺在了這裡，把那個丫頭替換了出去。」

這種一切都已無所謂的人，最是難辦，劉詢思索著如何才能讓這個女子開口。

女子凝視了一會兒劉詢，眼內的冷漠褪去，面色驚疑，「你姓劉？你這雙眼睛長得可真像皇上，鼻梁、下巴卻長得有幾分像太子……你、你……」

劉詢回道：「我姓劉名詢。」

突然之間，女子的身子開始不停顫抖，她哆哆嗦嗦地伸手去撫劉詢的臉，眼淚簌簌而下，「你……你……」

劉詢絲毫未怪，任由她撫著自己的臉，「我還活著。」

女子猛地抱住他，又是大哭，又是大笑，狀若瘋癲，「你都這麼大了，我上次見你時，你還在太子殿下懷中，殿下會很高興……會很高興……」

劉詢已經明白幾分端倪，一動不動地任由她抱著。

女子哭哭笑笑了一會兒，突然緊張地看向外面，「你怎麼在這裡？快走！不要被人發現了。」

她在掖庭中囚禁多年，根本不知道外面的事情，劉詢幾分心酸，輕聲將一切告知。女子這才知道劉詢竟是新帝，雖早已見慣宮廷風雲、人生起落，可還是吃驚萬分，一會兒哭，一會兒笑，難以自持。

在女子斷續的敘述中，劉詢弄明白了女子的身分。她姓夏，是先帝劉徹殿前的侍女，看她的神情，肯定不僅僅只這些，可劉詢不想多問，她說什麼就什麼吧！屍骨都早已經涼透，活著的人還要活著，往事能埋葬的就埋葬了。

等夏嬤嬤稍微平靜後，劉詢問：「嬤嬤，關在這裡的女子哪裡去了？」

「我不知道她是陛下的女人，我欠過霍氏人情，所以……所以就讓霍家的人把她帶走了。」

「霍光？」

「這朝堂內，除了他的人，還有誰能隨意出入宮禁？」

劉詢說：「先委屈嬤嬤在這裡再住幾天，等一切安穩後，我會派人來接嬤嬤。」

將近二十年的幽禁生涯，一直以為荒涼的掖庭就是她的終老鄉，不料竟還有出去的日子。夏嬤嬤沒有欣喜，反倒神情茫然，只微微點了點頭。

劉詢剛走到門口。

「皇上，等一下！我突然想起……」

劉詢回身。

夏嬤嬤斟酌著說：「幼時看過幾本醫書，略懂醫理，我看那位姑娘好似身懷龍胎，皇上趕緊想辦法把她接回來吧！」

劉詢面色大變，眼中有寒芒閃爍，「妳說什麼？」

夏嬤嬤歉疚地說：「我也不能確定，只是照顧了她二十多日，覺得像。一個猜測本不該亂說，可如果她真身懷龍種，就事關重大……所以我不敢隱瞞。」

劉詢頭重腳輕地走出了冷宮。

劉弗陵有了子嗣！

劉弗陵有了子嗣！

……

他腦內翻來覆去地就這一句話。

如果劉弗陵有了子嗣，那他這一個月的忙碌算什麼？霍光現在可知道雲歌有了身孕？如果霍光知道有可以任意擺布的幼子利用，還需要他這個棋子嗎？如果趙充國他們知道劉弗陵有子嗣，還會效忠於他嗎？如果……如果……

無數個如果，讓他心亂如麻、步履凌亂。

握著國璽的剎那，他以為一切已成必定，這座宮殿，這個天下都是他的了！不想老天悄悄地安排了另一個主人，那他究竟算什麼？

不！絕對不行！宮殿、天下都是他的，他就是主人！

已經失去過一次，絕無第二次。那一次，他無力反抗，只能任由老天擺布，這一次，他絕不會俯首貼耳的認命。

凌亂的步伐漸漸平穩，慌亂的眼神逐漸冷酷，他開始仔細地思考對策。

算來，雲歌即使有身孕，應該也就一兩個月，他是因為機緣巧合才預先知情，霍光應該不會這麼快得到消息。想到這裡，他慌亂的心又安穩了幾分，快步向宣室殿行去，「七喜，立即傳趙充國，張安世，雋不疑入宮。」

他必須立即登基！

殘月如鉤，寒天似雪。

院內幾株梧桐，灰色的枝椏在冷風中瑟縮，青石臺階上一層冷霜，月光下看來，如下過小雪。霜上無一點瑕痕，顯然很久未有人出入。

四月站在院子門口，低聲說：「王爺一直把自己關在屋內，我們都不敢……自紅衣死後，王爺像變了個人……」

孟珏眼內如結冷霜，四月心中一顫，不敢再說話，行了個禮後，悄悄離開。孟珏踩著冷霜，緩緩踏上了臺階，門並沒有關緊，輕輕一推，應聲而開。

屋中七零八落地堆滿了殘破的酒罈，濃重的酒氣中，散發著一股餿味。劉賀披頭散髮地躺在榻上，一襲紫色王袍已經皺得不成樣子。

孟珏在榻邊站著，冷冷地看著劉賀。

劉賀被冷風一吹，似乎有了點知覺，翻了個身子，喃喃說：「酒，酒……」

孟珏拎起地上的一罈酒，不緊不慢地將酒倒向劉賀。劉賀咂了幾下嘴，猛地睜開了眼睛。孟珏依舊不緊不慢地澆著酒，唇邊似含著一層笑意。劉賀呆呆地瞪著孟珏，酒水從他臉上流下，迅速浸濕了被褥、衣服。冷風呼呼地吹到他身上，他打了個寒戰，澈底清醒。

孟珏倒完了一罈，又拿起一罈繼續澆。

「你有完沒完？我再落魄仍是王爺，你算什麼玩意？給我滾出去！」

劉賀揮手去劈孟珏，兩人身形不動，只掌間蘊力，迅速過了幾招，劉賀技高一籌，占了上風，將孟玨手中的酒罈震飛。酒罈砸到牆上，「砰」的一聲響，裂成碎片。

屋中的酒氣，瀰漫開來，濃烈欲醉。

孟玨退後，負手而立，笑看著劉賀，「看來很清醒了，方便我說話？」

「自我進京，你連影子都未露過，現在怎麼又有話了？我和你沒有什麼話可說。」劉賀移坐到榻旁的案上，順手抄起一瓶酒，大灌了幾口，「孟大人，還是趕緊去服侍新帝，等新帝登基日，定能位列三公九卿。」

孟玨不屑解釋，也未有怒氣，只笑著說：「多謝你的吉言！先問你件事情，劉詢手底下怎麼突然冒出來了一幫黑衣人？訓練有素，紀律嚴明，絕非江湖草莽的烏合之眾。人，劉詢不愁沒有，可他哪裡來的財力物力訓練這些人？」

劉賀怔了一瞬，明白過來，說道：「你還記得羌族王子克爾嗒嗒嗎？當年皇上告訴劉詢，可以給他財力物力，讓他想辦法暗中介入羌族內部，想來，劉詢就是用皇上的錢偷偷訓練了這支軍隊。」

孟玨眼中似有疑問，眉頭緊鎖，劉賀輕嘆了一聲，「劉詢的這些花招，皇上應該都心中有數。」

孟玨唇角一抹冷笑，「劉弗陵如果知道劉詢用他們做了什麼，不知道會做何感想。」

劉賀詫異地問：「劉詢做了什麼？這支軍隊雖然是劉詢效仿羽林營所建，但現在最多兩三千人，還成不了氣候。」

孟玨沒有回答劉賀的問題，巡視了屋子一圈，打開了所有箱籠，開始收拾東西。

劉賀跳了起來，去攔孟玨，「你做什麼？這些是紅衣的東西！」

「我要把她的東西取走，還有她的棺柩。」

「去你娘的！紅衣生是王府的人，死是王府的鬼，幾時輪到你在這裡說話？」

孟玨冷笑：「你連一個女子都護不住，有什麼臉在這裡嚷？」

孟玨的話戳到他的傷處，劉賀語滯，人仍擋在箱子前，臉上卻是死寂的黯灰。

「該爭時不爭，該退時不退，做事情含含糊糊，唯獨對我的疑心一點不含糊。在那麼重要的時刻，你竟然回了昌邑，一副對皇位沒有興趣的樣子，既然當時沒有興趣，為什麼不索性沒興趣到底？讓大家都平平安安！」

「皇上並沒有打算傳位給我！他請我離開長安，我……」劉賀想說，他不想背棄劉弗陵最後的要求，可是有些東西，他沒有辦法解釋給孟玨聽，孟玨也不可能明白他對劉弗陵的尊敬和感激。

「你管劉弗陵有沒有給你傳位，若想要，就要去搶！你若能妥善利用霍光，占優勢的就是你！趙充國、張賀這些人有何可懼？只要動作迅速地除掉劉詢，他們不支持你，還能支持誰？二哥訓練的人全在長安城待命，我怕你要用人，武功最好的幾個一個也不敢用，你用過誰？長安城的形勢就是比誰手快，比誰更狠，你整天在做什麼？心裡想要，行動卻比大姑娘上花轎還扭捏，你扭扭捏捏無所謂，可你……」孟玨想到紅衣，臉色鐵青。

劉賀張了張嘴，看著孟玨，卻又閉上了嘴。權力於他只是工具，而非目的，如果為了工具，先要背叛自己的目的，那他寧願選擇放棄。為了權力的醜陋，他早就看夠了！不管以前、現在、還是將來，他都絕不會允許自己為了權力，變成他曾深惡痛絕過的醜陋。他尊敬和感激劉弗陵，不僅僅是因為劉弗陵救過他、救過月生，也不僅僅是因為劉弗陵對他毫無保留的信任，給了他一展才華的機會，更因為劉弗陵的所作所為讓他看到了權力的另外一種闡釋方式——有仁善、有俠義、有寬恕、有大度、有從容。劉弗陵是劉徹悉心教導出來的人，論帝王之術，權力之謀，有誰能懂得比他多？他還未登基，母親就慘死，剛登基，藩王就虎視眈眈，緊接著，三大權臣步步緊逼，若論面臨的局勢複雜、情勢危險，又有誰能比過他？他比誰都有藉口去揮舞無情的帝王刀劍開路，用巨大的權力鐵輪碾碎一切違逆他的人和事。只要結果好，過程如何並不重要，為了更遠大的目標，犧牲掉一小部分人，早就是被帝王默認的行事準則，眾人甚至會讚美這樣的帝王英明果斷，可是，劉弗陵沒有！他只要狠一狠心，就會有更簡單、更容易、更安全的路，他卻偏偏走了另一條路。

自小到大，皇爺爺的教誨，母親的教導，以及所見所聞、親身經歷都告訴自己，權力就代表著無情和醜惡，在劉賀心中，他憎惡它，可在他的血液中，他又渴望它。在他的戲笑紅塵下，藏著的是痛苦和迷茫，是不知何去何從的頹廢，但是，劉弗陵用自己的所行所為消解了他的痛苦和迷茫，讓他明白權力本身並不無情，無情的是人，權力本身也不醜惡，醜惡的是人。

劉賀張口想解釋，可自小到現在的心路歷程哪裡是那麼容易解釋得清楚的？最後只得長嘆了口氣後說：「小珏，我和你不是一樣的人，我信守的原則，你不會懂，或者即使能懂得，也不屑。於我而言，結果固然重要，但過程也一樣重要。現在，我生我死都無所謂，只想求你一件事情，請你看在紅衣和二弟的份上去做。」

孟珏的臉色鐵青中透出白，顯是怒極。劉賀沒有理會，接著說道：「月生初進昌邑王府，就與王吉他們交好，望你看在月生的份上，救他們一命。」

孟珏雖然哀怒交加，卻沒有冷言反駁，因為在月生給他的信中，的確曾提到過王吉的名字，說過王吉對他的禮遇，月生能得到劉賀賞識，也是王吉的舉薦。

劉賀見他不說話，自顧自地竟對他行了一大禮，「多謝！王吉是個正人君子，定不忍見同僚赴死、而他獨自偷生，你就告訴他，很多人不過是我借霍光的手要除掉的人，請他務必珍重，昌邑王府內的諸般事務先拜託他了。其餘的人，你能救則救吧！是……是我對不住他們！」

孟玨冷笑著譏諷，「好個『聰明』的昌邑王！如此能謀善斷，怎麼忘記算紅衣的性命了？怎麼把她帶到了這個是非地？」事情到此，他與劉賀恩斷義絕，已沒什麼可多說的了，揮手欲推開劉賀，去拿紅衣的遺物。

劉賀擋住了孟玨的手，「小玨，我知道你一直視紅衣為妹，我沒有照顧好她，是我錯，但紅衣的遺物，我不會給你。不管這次我生還是死，她以後都會和我合葬。我做錯的事情，我會到地下去彌補。」

劉賀的語氣十分淡然，神色也十分平靜，卻是一種哀莫過於心死的淡然平靜。

孟玨凝視了他一會兒，忽地搖頭笑起來，滿面譏嘲，「劉賀呀劉賀！你這輩子究竟有沒有想清楚過一件事情？」

劉賀淡淡說：「自以為聰明一世，實際一直是個糊塗人。自以為自己的荒唐糊塗是做給世人看的，但是做戲太久，原來早就真糊塗了，分不清自己的本心，也看不清真假。」

什麼是真？什麼是假？當世人都以為你荒唐糊塗時，你真能說自己很清醒嗎？當身邊的人也認為你好色貪歡時，她還能期望你會真心對她嗎？

假做真時，真也會假。

孟玨大笑起來，「好！紅衣的遺物和棺柩，我留給你！前幾日剛聽到紅衣死的消息時，我的第一反應就是後悔當年沒有殺你，你害死了二哥不夠，竟然還害死了紅衣。就是剛才，我仍在想要不要藉助霍光或者劉詢的手，將你的命永遠留在長安。不過現在，我不打算再落井下石了，你的生死和我再無關，紅衣的遺物和棺柩，你想要，就留給你！」

「多謝！」

孟玨笑著擺手，「不必謝我。死亡的痛苦只是剎那，而我只是想看你痛苦後悔一輩子而已！」

劉賀眼中有濛濛的哀傷，令他往日清亮的雙眸晦暗無光。

孟玨笑問：「你還記得二哥臨死時說過的話嗎？」

劉賀沉默了好一會兒後，慢慢地說：「那年皇上召藩王在甘泉山行獵，月生陪我同行。當時還年少氣盛，我又一貫言行無忌，言語間得罪了燕王。燕王設了圈套想殺我，月生看出苗頭，苦勸我小心提防，一定不要離開皇上左右，我卻自恃武功高強，聰明多變，未把燕王當回事情，直到孤身一人被五頭黑熊困住時，才知道人力終有限，危急時刻，月生趕到。後來……皇上帶兵趕來時，月生已死，只救下了重傷的我。」

當日的血鬥似又回到眼前，兄弟兩人並肩而戰，面對五頭黑熊卻夷然不懼，談笑風生，同進共退。從小到大，劉賀看見的是妻子算計丈夫，丈夫憎惡妻子，兒子算計老爹，老爹屠殺兒子，兄弟鬩牆，姐妹爭寵，在認識月生前，他從不相信「知己」二字真實存在。這一生，他最痛快淋漓的時刻，就是那一日，最痛苦的也是那一日！

「……月生的半邊身子被熊撕去，他死得很快，臨死前，他囑咐我，讓我替他報恩，還讓我好好照顧你，可你哪裡需要我照顧？」

孟玨淡淡說：「如果我沒有記錯，你告訴我的是『大哥，幫我好好照顧……照顧……』他話未說完，就帶著遺恨而去了。」

劉賀木然地點頭：「嗯。」

孟玨笑著說：「好大哥，他要你照顧的人可不是我。」

劉賀愕然，「月生就你一個親人，整日裡口中唸叨的就是你，他指的不是你，還能是誰？」

孟玨笑看著他，眼中有寒冷的星芒。

劉賀心底有寒意滲入四肢百骸，他很想拒絕去聽答案，因為他知道答案也許比殺了他更可怕，可他必須聽。

「是紅衣。」孟玨似乎很欣賞劉賀此時臉上的表情，說話的語氣分外慢，「二哥是豪氣干雲的男子，為何願意屈就於王府？因為紅衣是他的親妹妹！小時候被父母賣給了人販子，後來被輾轉賣到王府。」

劉賀的身子控制不住地抖著，「月生……他……他為什麼沒有告訴我？」

「告訴你，你就能阻止你的母親把紅衣毒啞嗎？告訴你，你能讓紅衣說話嗎？告訴你，你就能補償紅衣所受的罪嗎？告訴了你，你能做什麼？」

劉賀張了張嘴，沒能吐出一個字，只有身子顫得更厲害。

「二哥本想帶紅衣走，可紅衣不願意。」

「為……什麼？」

「後來，我尋到王府時，本來想告訴你，紅衣是月生的妹妹，可紅衣求我不要說，她想在合適的時候，自己告訴你。」

「為什麼？」劉賀的聲音如將要繃斷的弦，他像一個即將被滔天洪水溺斃的人，看著洪水滾滾而來，眼中有濃重的恐懼，臉上卻是無能為力的木然。

「因為她這輩子只想跟著你，所以不願離開。如果你知道她是月生的妹妹，一定會對她千般好，把對月生的愧疚全部彌補給她，也許還會不顧皇家禮儀，立一個啞巴為側妃，可她不想要這些，她想要的是因為她是她，所以你對她好。」孟玨微笑，「可惜！紅衣竟然一直沒有等到這個合適的開口機會。王爺身邊的女人來來去去，紅衣算什麼東西？不過是個啞巴！不過是你家買下的低賤奴婢……」

「閉嘴！」

劉賀的魁梧身形，好似突然縮小了許多，他無力地後退了幾步，靠在了紅衣的箱籠上。

紅衣的盈盈笑顏在他眼前盤旋不去，越變越清晰。

她側首時，溫婉的笑；

她低頭時，含羞的笑；

她抬頭時，粲然的笑；

還有她默默看著他時，欲說還休的笑……

天哪！

他竟然從沒有看懂過！

或者不是他不能懂，而是他太習慣！

紅衣就像他的影子，隨時隨地都在，他從不用去想如何得到她，從不用去費勁琢磨她的心思，也從不用擔心會失去她，反正她永遠在那裡。他只要輕輕叫一聲「紅衣」，她就會盈盈笑著出現。

可是她再不會出現了，永遠不會了。

他順著箱籠滑坐到了地上，一個蘭木盒子被帶得從箱子上跌落，翻掉在地上。「砰」的一聲，盒子碎裂成了兩半。裡邊盛放著的一堆編好的繩穗散落了一地。

一模一樣的花式，都是紅豔豔的繩子打成，月光下，刺眼的疼。

他摸索著拿過一個，依稀覺得在哪裡見過，卻不能立即想起來，想了好一會兒，才記起，紅衣臨死那天，想要塞到他手裡的繩穗就和這個一模一樣。

「這是什麼東西？」

孟玨盯著地面上的鮮紅，不能回答。

如果只是普通的穗子，紅衣沒有必要做這麼多，還珍而重之地藏在盒子裡。但是，又的確都是普通的繩子打成，實在看不出它有任何不普通。

他看了好一會兒，覺得很是眼熟，忽然想起，有一次他去宣室殿，雲歌一個人坐在廊下，就編著這個樣子的繩穗。

「來人，來人！」劉賀一連串的大叫。

四月匆匆跑來，看到劉賀的樣子，嚇了一跳，這還是那個笑臥美人膝的王爺嗎？

劉賀舉著手中的繩穗，「這是什麼？」

四月仔細看了眼，說：「同心結。它的花樣十分複雜，卻只用一根絲條結成，編起來很是耗心神。女子用紅色的絲條仔細打好同心結，將它掛到男子的腰間，表示定情，意謂『永結同心』。嗯……好像還有一句話。」四月邊回憶，邊慢慢地說：「好像是『交絲結龍鳳，鏤彩結雲霞；一寸同心縷，百年……百年長命花。』」

「交絲結龍鳳，鏤彩結雲霞；一寸同心縷，百年長命花。」劉賀的聲音似哭似笑，他將同心結湊到眼前，仔細地看著，似乎從眼前的繁瑣花結中，看到了當日寂靜宮殿中，紅衣低著頭、仔細織著絲條的樣子，她眼中柔情百繞、唇邊含著希冀的微笑，憧憬著有一日，她能把它親手繫到他的腰間。可是直到最後，她都沒有送出她的同心結。

紅衣眼角落下的淚，可有怪他的不懂？

他自以為聰明一世，卻連一個女子臨死前的心意都看不懂。

「一寸同心縷，百年長命花。一寸同心縷，百年長命花……」

他趴在地上一個個地去撿同心結，每一個都仔細地捋平，再小心地收進懷中。紫色的王袍在冰冷的酒漬中拖過，他一無所覺。頭髮上黏滿了塵土，他也一無所覺。他只小心翼翼地撿著同心結，好似這樣就可以掬住她死時落下的那串淚。

一寸同心縷，百年長命花？

孟玨心中滋味難述，一句話都說不出來。

他靜靜地盯著地上的同心結，忽覺得那鮮豔的紅色壓得他胸悶，忙提步向外行去。

如鉤的殘月，斜掛在灰色的梧桐樹頂。

階前的寒霜白涔涔一片。

風吹著門一開一合，發出「吱呀」、「吱呀」的暗鳴。

靜夜中聽來，悠長、淒厲。

第四十三章 天易老、恨難酬

她吃力地舉起手，把手上的血一點點抹到他胸前。
最後，鮮紅的手掌覆在他的心口，冰涼刺骨卻如烙鐵般滾燙的灼痛。
「我……恨……你！」
她的唇無聲而動。

陰暗的監牢。
因為沒有陽光，一年四季都有股發霉的味道，春天似乎永遠不會光臨，冬天在這裡變得更加寒冷。
雲歌安靜地躺在枯麥草中，一種好似沒有了生命的安靜。
牢獄上方有一個小小的窗戶。從雲歌躺的地方看出去，能看到一小方碧藍的天空。時而會有鳥兒飛過，留下幾聲歡快啾鳴。可她只是閉著眼睛，對一切都毫不關心。
獄卒將一碗飯放到柵欄前，碗中竟罕見的有幾塊肉。
「新帝登基，大赦天下！罪輕的當即釋放，你們這些死囚，可以免去死罪了。頭兒吩咐給你們都加頓餐，算是慶祝！」

牢裡面一片「嗷嗷」的歡叫聲。

雲歌聽到「新帝」二字，突地睜開了眼睛，嘴唇微動了動，想要問點什麼，卻仍是沉默了下來。

隔壁監牢裡的男子三口兩口吃完自己的飯菜，仍覺沒有解饞，眼巴巴地盯著雲歌牢前的飯菜，「姑娘，再不吃，可就涼了！」

雲歌緩緩起來，端起碗想吃，卻覺得胃裡膩得人想吐，她把碗遞給了隔壁的男子。

男子大喜，立即夾了一塊肉塞進嘴裡，又不好意思起來，「妳還沒有吃呢！」

雲歌搖了搖頭，「你吃吧！我吃不下。」

男子忙把雲歌碗裡的肉都撥到自己碗裡，笑道：「無功不受祿，我看妳面色蒼白，腳步虛浮，非傷即病，幫妳把個脈吧！」說著，探手去抓雲歌的手腕。

雲歌想移步閃開，卻眼前一黑，向前跌去，忙抓住了柵欄，才沒有摔倒。

男子握住雲歌的手腕，替她把了一下脈，不禁搖頭嘆氣，「唉！又是一個可憐人，這死牢裡，只應該有死。有了生，反倒是痛苦！」他將肉塊全撥回雲歌碗中，「吃不下也吃點，有身孕的人不能由著性子亂來，妳可還有親人？孩子的爹在哪裡？婆家可還有人……」

雲歌只聽到他的那句「有身孕的人」，整個人如在往下掉，又如同往上飄，腦袋裡轟轟作響，她呆呆看著男子，看著他的嘴一開一合，卻完全不知道他在講什麼。

她在腦子裡把男子的話又過了好幾遍，才真正明白了話中的意思，猛地一把抓住男子的胳膊，急切地問：「你剛才說什麼？你說我……」

雲歌的眼中恍似有火苗燃燒，映得她的臉龐熠熠生輝，和剛才判若兩人。

男子小心地說：「妳有孩子了。」

雲歌的手緊緊扣著他，指甲好似要掐進他的肉裡，「你肯定？」

男子忍著疼痛點頭，「我雖不是個好郎中，可喜脈不會把錯。」

雲歌一下捂住了嘴，眼中有淚，看著就要落下，不想發了會兒呆，她又笑了起來，「我有孩子了？我有孩子了！」肯定是陵哥哥怕她孤單，才送了他來陪她。

她摸了摸自己的臉頰，「我很蒼白嗎？我看著很虛弱嗎？這樣對孩子不好，是不是？」

雲歌的問題又急又密，男子只來得及不停點頭。

對不起，對不起，娘不知道你來了，娘沒有好好照顧自己，沒有好好照顧你！娘錯了！

她立即端起地上的碗，一大口、一大口地往嘴裡塞起食物。

「妳身上有金銀首飾嗎？想辦法買通獄卒，儘快通知孩子他爹，看看有沒有辦法疏通一下，至少換個好點的監牢，不必男女同獄。」男子哪裡能知道霍成君特意下令將雲歌困在此處的原因，還一門心思地幫雲歌出著主意。

雲歌手中的筷子停住，視線落在了不知名的虛空，她眼中濃重的悲傷，令人覺得風凝玉碎、天地皆泣。男子也算見慣生死的人，卻從沒有見過這麼多的哀淒，好似隨時能吞噬掉她單薄如蟬翼的身軀。

她突然側頭一笑，柔聲說：「他出遠門了，一時回不來，不過我會照顧好自己的。我前幾天做錯了，以後不會了。」她微笑時，唇角輕揚，有一種異樣的倔強和固執。

她低下了頭，大口、大口地吃著飯，睫毛上似有淚珠，瑩光閃爍，卻始終沒有落下。不一會兒，她就把一大碗飯全部吃完，抬起頭問男子：「我的氣色是不是看起來好一點了？」

男子重重點了一下頭，「好多了。」

雲歌從最安靜的囚犯變成了最好動的囚犯。

每日的清晨和晚上，她都會在四方的監牢裡面繞著圈子散步。

「這樣是不是對身體比較好？」

男子點頭。

每天，當陽光照進牢房時，她會在一小方塊的陽光下，慢慢地打拳。

剛開始有不少囚犯盯著她的身體打口哨，說一些混帳話，可她充耳不聞。

在陽光的映照下，她的臉上有晶瑩的光芒。

她的神情，好似站在碧綠的草地上，沐浴著燦爛的陽光，迎著和煦的風，自由自在地舒展著身體。她的安詳平靜讓偷看她的囚犯漸漸安靜。他們仍然會盯著她看，可眼中的汙穢漸漸消失。

每天，吃過晚飯後，她都會輕聲哼唱歌謠。

男子知道她是唱給腹內的小生命聽的。

有的歌聽得懂，有的聽不懂。

每當她溫柔的唱歌時，牢獄裡面會異常的安靜。

在這個充溢著死亡的黑暗世界中，她的歌聲讓他們想起了很多東西。也許是寒燈下縫衣的母親，也許是鄰家妹子鬢邊的一朵野花，也許是新婚之夜，妻子的一抹嬌笑，也許是孩子的第一聲啼哭，也許只是年少時，一個可望不可得的溫柔眼神。

一個個手染鮮血的人，心竟會在她的歌聲中變得一瞬柔軟。

粗豪的昂藏漢子，從她的歌聲中，竟聽懂了一些東西，每到吃飯時，會把碗中最好的菜撿出一點，一個一個牢房地傳到雲歌的牢房中。

沒有人說話，也沒有人約定，每個人挑一筷子，傳到雲歌牢房裡時，已經像小山一樣，高高一碗。

雲歌也不拒絕，她只微笑地看向那些凶神惡煞的大漢。

他們竟然會在她的眼光下，不好意思地躲避，卻又故作著滿不在乎的冷漠。

她吃著整個牢房為她準備的「特殊」飯菜。

雖然在陰暗的死牢裡，可她的蒼白在一點點褪去，她用堅強和渴望，在陰暗裡生機勃勃。

看到她的一舉一動，男子改變了先前的判斷，即使這是死牢，她的孩子仍會是天下最快樂的孩子。

「妳的寶寶會很幸福。」

雲歌笑著點頭，「當然！」眉目中有飛揚期待的欣悅，令人如見三月暖陽。

這一天。

男子又被雲歌逼迫著把了第三遍脈，第一百遍告訴雲歌，「妳的身體恢復得很好，孩子更好。」

雲歌笑咪咪地說：「不要不耐煩！等孩子出生了，讓他認你做乾爹。」

男子只有苦笑。

現在的雲歌和前幾天根本不是同一個人！早知道她是如此「呱噪」，如此「跋扈」，當初實在不該貪口舌便宜！結果不但沒有占到便宜，反而被她占盡便宜！

突然，幾個獄卒簇擁著一個胖胖的官員走過來。

雲歌立即警覺地坐到了牆角。

胖胖的官員站在關著雲歌的監牢前，清了清嗓子，唸道：「罪女雲歌，妖行媚主，德行有虧，現經三司會審，定於七日後，鬧市問斬，以警後世。」

官員唸完，鼻子裡重重「哼」了一聲，不緊不慢地打著官腔問：「可有冤枉妳？」

男子在一旁急匆匆地插道：「不是說新帝登基，大赦天下嗎？還有，這算什麼罪狀？罪行到底是什麼？」

官員冷冷地盯了他一眼，男子有點畏懼地往後縮了縮，看了眼雲歌，心中愧疚，又挺起了胸膛，張口想理論。

「別說！」雲歌叫。

他未理會雲歌的阻止，高聲說：「她有身孕，按我朝律法，不能問斬孕婦！」

官員卻好像完全沒有聽見，依舊不緊不慢地說：「人犯既然無冤，七日後依照判決、執行死刑。」

牢獄裡面的犯人敲著柵欄抗議，獄卒甩鞭警告，可犯人的喧譁聲不僅沒有被壓下去，反倒越來越大，在封閉的空間裡聽來，整個牢房都似在嗡嗡顫動。

官員的鎮靜消失，慌裡慌張地想跑。

雲歌拽住了他的衣袖，「你們說我罪行深重，要以警後世，是否會貼出告示，昭告天下？整個天下？」

官員急急地想拽出衣袖，不耐煩地說：「當然！」

雲歌放開了他，官員像隻老鼠一樣，用和身軀極不相稱的敏捷，吱溜一下就躥出了牢房。

隨著監牢大門重重的關閉聲，牢裡的叫嚷聲猛地消失，所有人都看向雲歌。

有悲憤，有不平，有憐憫，還有無奈。

一個老頭子問：「姑娘，妳是不是得罪了權貴？這可不僅僅是要妳死，還是要妳難看地死在全天下人面前才能解恨。」

雲歌淡淡笑開，霍成君、霍光可不僅僅是權貴，他們是長安城的主人。

晚上。

四個獄卒進來，將一塊黑布罩到雲歌頭上，要押她去別處。

雲歌有些無奈，霍光實在是太過謹慎小心，竟然隔一段日子就換一個地方。想來是因為知道死牢裡面的人和她混得有點熟悉了，怕出意外，所以又給她尋覓了新的關押地方。

雲歌笑向四周抱拳行禮，朗聲說：「多謝各位幾日來的照顧，小女子銘記在心，容後再報。」

所有的罪犯都默默向雲歌回禮。這個「容後」只怕就是十八年後、來世再報了。

當雲歌被罩上黑布向外押去時，牢獄裡面響起有節奏的敲擊聲，還有低沉的哼唱，是送別的哀音。

雲歌卻在細聲地哼著搖籃曲。她和寶寶不需要哀音，他們會活下去的。

不過，她不知道的是，當她離開死牢一個時辰後，死牢發生了大火。因為外面的鐵門遇熱，門鎖變形，無法打開，關在死牢裡面的牢犯全被燒死。

牢獄裡面低沉的哀音竟成了眾人和她最後的訣別。

霍府裡面一派喜氣洋洋的忙碌。

霍成君即將入宮的事情，雖然還未對外正式宣旨，可所有人心中都早已認定。

劉詢登基後，將民間的髮妻許平君冊封為婕妤，皇后之位仍然空置，所有人都明白此位是留給誰的，只等著劉弗陵葬禮後，霍成君進宮，劉詢就應該會冊封她為后。

孟玨一大早就來求見霍光，站在霍府大廳等了整整一天，卻沒有任何人理他，連杯熱茶都欠奉。外面不時地傳來丫頭們的陣陣笑聲，他卻一直很心平氣和。他曾經歷過的屈辱遠勝於此，今日的一切在他眼中不值一提，只要能達到目的，過程並不重要。

快要晚膳時，霍光才面帶疲憊地緩步進來，連朝服都未換下，顯是剛從宮中回來，就直接來見他。大廳四周空落落，坐榻都被撤走，只留了一個主人坐的坐榻，孟玨自然不能坐到主人位置上，所以只能站在廳堂內。霍光打量了一眼四周，無奈地搖了搖頭，成君再聰慧，畢竟仍是一個不滿二十的少女。

霍光吩咐丫頭給孟玨置座、奉茶。

「不知道孟大人找老夫所為何事？」

孟玨先深深行了一禮，「霍大人，聽聞昨日晚上，長安城東南的死牢失火，牢犯全部被燒死。」

霍光嘆息著說：「是啊！真是可憐，皇上剛赦免了他們的死罪，沒想到老天竟然不肯讓他們活。」

孟玨又道：「還有一件事情，不知道霍大人聽說了嗎？秦大人昨日下午去死牢宣讀完審決後，聽聞來拜訪過霍大人，可他從霍府出來後就失了蹤。」

霍光微微笑著，盯著孟玨說：「劫持朝廷命官可是死罪。」

孟玨笑得氣定神閒，「一般人強留朝廷官員叫劫持，皇上留下朝廷官員可不叫劫持。」

霍光眼皮子猛地跳了幾跳，臉上的微笑變得僵硬。

孟玨接著說：「聽說罪女雲歌是被霍雲將軍拘拿到的，不知道霍雲將軍是從哪裡抓到雲歌的？」

霍雲告訴霍光是從長安城郊的農家中搜出，霍光笑著反問：「孟大人認為該從哪裡抓到的？」

「張賀大人曾任掖庭令十多年，掌管掖庭和冷宮。張大人以前雖然官運不順，但聽說為人豪俠仗義，與冷宮內的侍衛、小吏交情極好。掖庭冷宮無人問津，關押的又全是女子，什麼時候多一個，什麼時候少一個，只怕無人真正說得清楚。」

霍光端起桌上的茶慢慢啜著。雲歌竟一直在劉詢手中，他為什麼會放了雲歌？又為什麼會這麼「恰巧」地被霍雲抓住？雲歌有身孕的消息，劉詢究竟知道不知道？

孟玨安靜地欣賞著牆壁上掛的字畫。

霍光喝了小半杯茶後，決定攤開直說，「如果皇上真想救雲歌，他強行下一道聖旨，命令釋放雲歌，我也不得不從，可皇上什麼都沒做，任由刑部定了雲歌死罪，看樣子他想借霍氏的手把雲歌除去。」

「皇上若只是想殺一個女子，何須這麼麻煩？關鍵是這個女子，他現在根本殺不得，當然，更放不得。皇上是希望霍大人把麻煩都攬了去，而好處他盡落，到時候出了事情，他一句『不知道』就可以推開一切，霍大人卻只怕要背負上亂臣賊子的千秋罵名。」

霍光對孟珏的性格真是又欣賞又忌憚，聞言不禁大笑起來，「我會把雲歌這個燙手山芋還給皇上，你去找皇上要人吧！」殺皇子的罪名，沒有人擔待得起。劉詢想除掉孩子，還是麻煩他親自動手吧！

孟珏淡淡地笑著說：「何必那麼麻煩？關中匈奴還未退兵，烏孫的大半國土已失，既然霍小姐會做皇后，有些事情，知道不如裝作不知道。」他已經用許平君交換了秦大人，雖然劉詢說過只要孩子沒了，就不會再傷害雲歌，可他實不敢再讓雲歌落回劉詢手中。

霍光沉思著沒有立即說話。劉詢是他親立，關押雲歌，兩人也都有份，在此事上，他們是一條船上的人，只能共進退。

霍光道：「孟大人的意思老夫也明白。可如今還也不是，不還也不是，殺也不是，不殺也不是，老夫愚鈍，實在不知道該怎麼辦。」

孟珏心裡冷笑，若霍光愚鈍，這天下的人早全是傻子了，只不過，霍光和劉詢打的主意一樣，就是都想殺人，卻絕不肯自己來做惡人，那麼……他就來做吧！

「在下倒是有個主意。」

「哦？快說。」

「一碗墮胎藥，一杯鴆酒，從此天下人知道的就是先帝無子嗣。」

「這……」霍光面色十分為難，「這……老夫實不敢做決定，老夫就全當什麼都不知道，孟大人和皇上商量著辦吧！」

孟珏站起，畢恭畢敬地向霍光道謝。

霍光道：「你先不要忙著謝我，雲歌的拘禁是成君在負責，她為什麼會如此，你比我明白，這事我還要和她說一聲，回頭她會派人聯繫你。」

孟玨沒有吭聲，向霍光作揖告退，霍光意味深長地說：「日後你我同朝為官的日子還很長，孟大人有空時，不妨常來走動走動。」

孟玨淡笑著答應了。

當日深夜，霍府派馬車來接孟玨。

馬車並未去霍府，而是出了長安城，越行越偏僻，行到了山林中，在一處不起眼的宅院前停下，有人來領孟玨入內。

霍成君靠坐在窗前，眺望著夜色中的重重山影，怔怔出神。一切都如她意，可她的眉宇間未見任何快樂，反倒帶著重重心事。

「小姐，孟大人到了。」

霍成君抬手做了個「請」的姿勢，很客氣地說：「孟大人，請坐。」

孟玨作揖行了一禮，坐到了霍成君對面。

霍成君又扭頭看向窗外，孟玨也不好說話，只能沉默地坐著。

一個小丫頭正在廊下煎藥，陣陣藥香隨風而入。孟玨聞到藥香，唇邊笑意依舊，眼中卻有了幾分黯然。

小丫頭端著藥罐進來，放到霍成君面前，「小姐，藥煎好了。」又立即悄悄退下。

霍成君凝視著桌上的藥，板著臉說：「這是太醫所開的墮胎藥，用藥很謹慎，已經把對母親的傷害降到最低，你若不放心，可以先檢查一下。」

孟玨沒有看藥罐，只淡淡說：「雲歌一直在小姐手中，小姐想下藥隨時可以下。」

「一碗藥已經在這裡了，那杯酒呢？」

「我出門前已經安排好，我見到雲歌時，秦大人自然會因為貪汙瀆職、畏罪自盡。」

霍成君找了塊帕子，端起藥罐，將藥緩緩倒入一個玉碗中。她倒藥時，側頭而笑，神情冷然中透出幾分嫵媚，「我一直以為你是個無心的人，雲歌充其量不過是多得了你幾分眷顧，不過沒想到……你若真無心，我倒認了，可是竟然不是。不過有心也好，你有心，我才能讓你傷心。」

霍成君將玉碗推到孟玨面前，孟玨的瞳孔驟然一縮，唇邊淡淡的笑意凝結成冰。

霍成君甜甜的笑著，「這碗藥，我要你親自餵給她喝。」

孟玨看著碗中烏黑的藥湯，一動不能動。

霍成君笑著問：「怎麼了？讓這個孩子死，不是你提議的嗎？那可是劉弗陵的骨肉，你不是也覺得礙眼嗎？」

孟玨盯向霍成君，眼中有細碎的寒芒，「妳非要如此嗎？」

霍成君笑著點頭，無比嬌俏，「如果你不同意，六日後，我們法場見。我不是父親，也不是皇上，我沒有那麼多的顧慮，我只想我的心舒服，大不了，我們三方玉石俱焚！我相信你的人早已經翻遍長安，之前你救不了雲歌，之後你也絕對救不了她。我向你保證，我已經做好一切準備來對付你，我若實在不痛快，有人會幫我想出無數個比砍頭更好玩的方法殺死一個人。」

孟玨垂目凝視了會湯藥，抬頭看向霍成君，淡淡地笑開，緩緩吐出了個「好」。

霍成君只覺得寒氣逼人，身子不自禁地就想向後縮，卻硬用理智控制住，毫不示弱地盯著孟玨。

關押雲歌的屋子建造得十分隱秘。藉助山壁掩飾，一半隱在假山中，一半藏在地下，除了一道門和外面的機關相通，連窗戶都沒有。

雲歌躺在榻上，面朝牆壁，似乎在睡覺。

隨著機關打開的聲音，一股濃烈的藥香飄到了榻邊。

「雲歌，看看誰來看妳了？」

是霍成君的聲音。雲歌暗嘆了口氣，我的死期都已經定了，妳還想做什麼？半撐著身子坐起，不想卻看到孟玨立在榻側。

她心中莫名的一暖，好似孤身一人，跋涉縹緲寒山中，於漆黑中乍見燈火人家，一直無所憑依的心竟有了幾分安穩。

霍成君端著一個托盤，上面放著一碗藥。她將托盤放到案上，拿了炷香出來，一邊點香，一邊打量著雲歌，笑說：「果然像是要做娘的人，關在這種暗無天日的屋子裡，精神看著竟比上次在冷宮還好。」

雲歌沉默地看著霍成君，雙手無意識地交放在腹前。

霍成君笑看向孟珏，「迷香已經開始起作用了。」

孟珏向雲歌慢慢走去。

雲歌看到他的目光，忽然覺得害怕，縮著身子向榻裡退去，卻很快就貼到牆壁，再無可以退避的地方。她想揮手打開他，身上卻軟綿綿的，沒有任何力道。

孟珏將她輕輕擁到了懷裡，握住她的手腕，一邊把脈，一邊細細看著她。他的眼中翻湧著墨黑的波濤，似有溫柔，更多的卻是沒有任何感情的冰冷。

霍成君看到孟珏的樣子，氣沖腦門，冷笑了兩聲，語聲柔柔地對雲歌說：「妳知道案上的藥是什麼？是孟珏親手開的方子，親手熬製的墮胎藥。」

雲歌終於第一次露出了慌亂的表情。

霍成君長長吁了口氣，十分滿意地瞇起眼睛，細細欣賞著雲歌的每一個表情。

雲歌完全不相信霍成君的話，眼睛直勾勾地盯向孟珏，似乎在向他求證。

孟珏躲開了她的視線，面容平靜地去端藥碗。

她從不相信漸漸變為恐懼，面色慘白，眼睛圓睜，黑漆漆的眸子中滿是哀求。她緊緊盯著孟珏的手，似乎還對他存有最後的一分信任，覺得他的手會縮回來。

當看到孟珏端起了碗，她最後一分的信任煙消雲散，漆黑的瞳孔中有憤怒，有恨怨，卻在碗一點點逼近她時，全化成淚珠，變成了悲傷和哀求。

她的唇不停地在顫抖，拚盡全力，卻說不出一句話，她凝視著孟珏，無聲地哀求他。

求你！求你！求你留下我的孩子！

孟玨一手掐著雲歌的下巴，將她的嘴打開，一手將碗湊到了雲歌唇邊。

雲歌眼中的淚串串而落，她的手握住了他的衣袖。

藥力作用下，她的身體根本不可能動，可她竟然完全靠意志，緊緊勾住了他的衣袖。

「求……求……」

絕望的恐懼讓她的身子簌簌直抖，眼中訴說著哀戚的請求。

一串串的淚珠，又急又密地落下，滾燙地砸在他的手上，每一顆都在求他。

他的手停住。

雲歌眼中有星星點點的光芒閃爍，忽讓他想起了那個無數螢火蟲的晚上。

他微閉了下眼睛，深吸口氣，將藥緩緩灌進了她口中。

她勾著他衣袖的手鬆開。悲傷與哀求都淡去，眸中的所有光芒在一點點熄滅，眼中的所有情感都在死去。只眼角的淚珠，一顆、一顆地慢慢墜落。

孟玨臉色正常，手也仍然很穩，心卻開始顫抖，懷裡的人似乎是雲歌，卻又似乎不再是雲歌。

當最後一口藥汁灌完，她的面容竟然奇異的平靜，只是死死地盯著孟玨，死死地盯著他。

一會兒後，雲歌的裙下慢慢沁出血色。

她的手哆哆嗦嗦地去摸。

烏紅的濡濕，黏稠地黏了一手。

雲歌舉起手看，似要看清楚一切，好將一切都深深地刻到心上。

孟玨心驚，去捂她的眼睛，可她竟然把手放進了嘴裡，感受著她的孩子。

孟玨又趕著去拽她的手。

按照所配的藥，將孩子流掉後，就該很快止血，可雲歌的血越流越多，毫無停止的跡象。

孟玨去查探雲歌的脈象，手微不可見地抖著，他緊緊地抱住雲歌，懷裡的人卻冷如冰塊。

「雲歌，雲歌，妳以後還會有孩子的，還會有很多很健康的孩子，只要妳好起來……」

她面容平靜，眼睛一眨不眨地看著他。

她吃力地舉起手，把手上的血一點點抹到他胸前。

最後，鮮紅的手掌覆在了他的心口，冰涼刺骨卻如烙鐵般滾燙的灼痛。

「我……恨……你！」她的唇無聲而動。

一個個根本沒有聲音的字，卻如驚雷，轟鳴在他耳畔。即使她轉身離去，即使她在劉弗陵身畔，可他一直確信，她最後一定會和自己在一起，可在這一刻，他的確信如泡沫般碎裂。

因為失血過多，雲歌昏迷了過去。

孟玨抱起她，向外行去。

霍成君想攔，可看到雲歌滿身的鮮紅血跡，孟玨身上的斑斑血痕，她忽地遍體生寒，根本不敢接近他們，身子不自禁地就躲到了一邊，只能看著孟玨大步離去。

七成新的青布裙，半舊的彈花襖，一根銀釵把烏髮整齊地綰好。

任誰看到這樣的裝扮，都難以相信這個女子會是漢朝的婕妤娘娘。

孟府的僕人一邊領路，一邊偷偷打量許平君。

許平君毫無所覺，只腳步匆匆，行到內宅時，三月迎了出來，剛要下跪，就被許平君挽了起來，「別搞這些沒意思的動作，趕緊帶我去看雲歌。」

三月除了孟玨外，誰都不怕。聽到許平君如此說，正合心意，順勢起來領著她進了暖閣。

榻上的雲歌沉沉而睡，臉色煞白，身子蜷成一團，雙手放在腹部，似乎要保護什麼。

榻上的被褥都是新換，可榻下的地毯上仍有點點血痕。

孟玨坐在地上，靜靜地看著雲歌，背影看上去疲憊、蕭索。

許平君心驚，「發生了什麼？」

三月小聲說：「公子已經這樣紋絲不動地坐了一整夜。所有能想的法子都想了，可雲姑娘就是醒不來，再這麼下去，人只怕……八師弟說，是因為雲姑娘自己不肯醒。我猜公子派人請娘娘來，定是想著娘娘是雲姑娘的姐姐，也許能叫醒她。」

這段日子，許平君從沒有安穩睡過一覺，乍聞雲歌的噩耗，眼前有些發黑，身子晃了兩晃，三月忙扶住了她，「娘娘？」

許平君定了定神，推開三月的手，輕輕走到榻旁，俯身探看雲歌，「雲歌，雲歌，是我！我來看妳了，妳醒來看看我……」

雲歌安靜地閉著眼睛，沒有任何反應。

許平君只覺恐懼，忙伸手去探雲歌的鼻息，時長時短，十分微弱。即使不懂醫術，也知道雲歌的狀況很不妥。

「孟大哥，究竟發生了什麼事情？雲歌她怎麼了？為什麼……為什麼……一切全變了？為什麼會這樣？」

從一個多月前，許平君就有滿肚子的疑問，本以為會隨著時間水落石出，可疑問竟越來越多。先是孟玨請她立即帶虎兒離開長安城，到一個叫「青園」的地方住一段時間。當時，孟玨神色嚴肅，只說和雲歌性命有關，請她務必一切聽他的安排，劉詢那邊，他會去通知。

孟玨絕不會拿雲歌的性命來和她開玩笑，她當即二話不說，帶虎兒悄悄離開長安。

等她再回長安時，劉弗陵竟然已駕崩，而皇帝竟然是病已！

病已搬到了未央宮的宣室殿，而她被安排住到了金華殿，兩殿之間的距離遠得可以再蓋一座府邸。病已進進出出，都有宦官、宮女、侍衛前簇後擁，而她見了他，竟然需要下跪！他走過時，她必須低著頭，不能平視他，因為那是「大不敬」。

她去見他，需要宦官傳話，小宦官傳大宦官，大宦官傳貼身宦官，然後等到腿都站麻了時，才能見到他。下跪叩拜，好不容易都挨了過去，一抬頭，正要說話，卻看見他身後還立著宦官，她滿嘴的話，立即變得索然無味。

聽說匈奴在關中鬧事，西域動盪不安，他整日裡和一堆官員忙忙碌碌，商量著出兵的事情；又因為他剛登基，各國都派使節來恭賀，表面上是恭賀，暗中卻不無試探的意思，全需要小心應對，他忙得根本無暇理會其他事情。同在未央宮，他們卻根本沒有單獨見面的機會。

她以前想不明白，既然同在一個宮殿裡面，怎麼會有秀女抱怨，直到白頭都不能見皇上一面，現在終於明白了。

她站在大得好似沒有邊際的未央宮裡，常常困惑，她究竟是誰？婕妤娘娘？別人告訴她，婕妤是皇上的妃子品級中最高的。可她想不明白這究竟是什麼東西？對她有什麼用？她一直知道的是，她是他的妻，他是她的夫，可是現在她已不知道自己是誰，也不知道他是誰了。那個她在廚房叫一聲，就能從屋外進來，幫她打下手做飯的男人，哪裡去了？那個和她頭挨著頭、肩並著肩，一同搬缸釀酒的男人，哪裡去了？那個白日裡與她說說笑笑，晚上擠在一個炕上依偎取暖的男人，哪裡去了？那個她不高興時，可以板著臉生氣，睡覺時，把背朝向他的男人，哪裡去了？

然後，她聽聞大公子被幽禁在建章宮，一罈子一罈子的酒抬進去，日日沉睡在醉鄉。

她隱隱約約地聽說，皇帝的位置本來是劉賀的，可因為劉賀太昏庸，所以霍光在徵得了上官太皇太后的同意後，立了病已。

她想著那個笑容恬靜的紅衣女子，急急打聽紅衣的下落，得到的消息卻是：紅衣已死。

她怎麼都不能相信這是真的，夏天才剛聽過紅衣吹笛，秋天進宮時，她還拉著紅衣，給她看自己繡給雲歌的香囊。

為什麼會這樣？

雲歌現在又是這樣，命懸一線。

她不明白，究竟怎麼了？才一個多月而已，究竟發生了什麼？

孟玨一直沉默著，許平君柔聲說道：「孟大哥，你不告訴我雲歌為什麼會這樣，我怎麼幫你想法子？你是懂醫術的人，應該知道，要對症下藥，才能治病。」

孟玨的目光緩緩從雲歌身上移開，看向許平君，眼中滿是迷茫不解，「一個連形狀都還沒有的孩子，比自己的命都重要嗎？日後仍會有孩子的……」

「什麼？」許平君聽不懂。

「她究竟是因為孩子，還是因為劉弗陵？」

許平君看到雲歌的姿勢，猛地明白過來，「雲歌有孩子了？」話剛出口，又立即意識到另外一件事情，「她小產了？」

許平君身子有些發軟，忙扶著榻滑坐到了地毯上，緩了半晌，才能開口說話，「孟大哥，你是男人，不懂女人的心思。男人是等孩子出生後，見到了孩子，才開始真正意識到自己做父親了，可女人卻是天生的母親，她們從懷胎時，就已經和孩子心心相連。小產後，男人也會為失去孩子難受，可他們依舊可以上朝，依舊可以做事，難受一段時間後，一切也就淡了，畢竟他們對孩子沒有任何具體的記憶。女人的難受卻是一生，即使以後有了別的孩子，她依舊會記得失去的孩子。」

孟玨的眼中是死寂的漆黑。

許平君還有一句話沒有敢說：何況，這還是劉弗陵的骨血，這個孩子是雲歌的思念和希望，是茫茫紅塵、悠悠餘生中，雲歌和劉弗陵最後的聯繫。

「孟大哥，雲歌的身體一向很好，孩子怎麼會小產？」如果是別的女子，也許會因為丈夫離世，悲傷過度而小產，可雲歌若知道她有了劉弗陵的孩子，只會更加堅強，好去照顧孩子。

孟玨一直沉默著，很久後，他才好似漠然地說：「是我強逼她喝墮胎藥。」

「什麼？你……」

許平君猛地站了起來，揚手搧向孟玨。孟玨靜坐未動，沒有一點閃避的意思。

「啪」的一聲脆響，許平君自己都不敢相信，自己竟真的搧了孟玨一耳光，她手簌簌抖著，猛地轉過了身子，去看雲歌，「我要帶雲歌走，她不會想再見你。」她轉身向閣外行去，命人準備馬車。

「妳能帶她去哪裡？未央宮嗎？雲歌若不想見我，日後更不想見劉詢。」

許平君的腳步定在地上，身上股股的寒意，似乎再往前一步，就會打開漫天的暴風雪。她想問清楚孟玨，你說的究竟是什麼意思，卻沒有一點勇氣開口，只嘴唇不停地哆嗦著。

雲歌的孩子，也是劉弗陵的孩子！劉弗陵的孩子……

雲歌的下身又開始出血，孟玨一下從地毯上跳了起來，匆匆拿起金針，刺入各個穴位，可沒有任何效果。

許平君無力地靠在柱上，眼中的淚，如急雨一般，嘩嘩而落，心中一遍又一遍的祈求著，如果閻王殿上真有生死簿，她願意把陽壽讓給雲歌，只求雲歌能醒來。

雲歌的嘴唇都已經發白，神色卻異樣的安詳，雙手交放在小腹上，唇畔還帶著隱隱的笑。

孟玨用盡了方法，都不能止住雲歌的血，他猛地拔出了所有穴位上的金針，抓著她的肩膀搖起來，「雲歌，妳聽著，孩子已經死了！不管妳肯不肯醒來，孩子都已經死了！妳不要以為妳一直睡著，就可以當作一切都沒有發生。孩子死了！是被我殺死的！妳不是恨我嗎？那就來恨！妳若就這麼死了，豈不是便宜了我？」

許平君衝過來攔他，「你瘋了？不要再刺激她！」

孟玨一掌就推開了許平君，他俯在雲歌耳旁，一遍遍的說：「孩子已經死了！孩子已經死了！孩

子已經死了！孩子已經死了……」

三月聽到響動，跑了進來，看到許平君摔在地上，忙去扶她。許平君滿面是淚，握著三月的胳膊，哭求道：「妳趕快去攔住孟玨，他瘋了！他會逼死雲歌的！」

孟玨的聲音忽地停住。

他臂彎中的雲歌，如一個殘破的布偶，沒有任何生氣，原本交握、放在腹前的手不知道何時已經軟軟的垂落，緊閉的眼睛中，沁出了兩顆淚珠，沿著眼角，慢悠悠地落在了孟玨袖上。

三月喜悅地叫：「雲姑娘醒了！」

許平君搖了搖頭，雲歌只是從一個美夢中醒來了，如今她又進入了一個噩夢。

孟玨小心翼翼地將她放到枕上，唇貼在她耳畔，一字字地說：「妳努力活下來！我等著妳醒來後的仇恨！」

「她能醒來嗎？」許平君望著雲歌裙上的鮮紅，沒有任何信心。

孟玨冷漠地說：「沒有人比我更瞭解仇恨的力量。」

第四十四章 天山月依舊，不照去年人

寒夜中，三哥的背影越行越遠，
雲歌覺得心中唯一的暖意也越去越遠，
到最後，只有掌中的一副耳墜，刺得掌心陣陣疼痛。

雖然劉詢不是霍光的第一人選，但霍光對現在的一切還算滿意。在登基日，劉詢當著滿朝官員，盛讚他賢良。登基後，不管大事、小事，劉詢都會事先徵詢他的意見。在兩人的協商下，關中十萬大軍整軍待發，準備給進犯的匈奴迎頭痛擊，霍成君入宮的吉日也已選定，可是在西域問題上，因為一個無名無望的人，兩人之間卻有了暗藏的分歧。

蕭望之，東海蘭陵人，一個普通的農家子弟，少年時勤奮好學，經綸滿腹，才名在外，長史丙吉將他舉薦給霍光，霍光專門召見了他，聽聞他經史子集，都能對答如流，的確才華出眾，頗得霍光賞識，按理說他應該官運亨通才對，可因為在小事上忤逆了霍光，從此地位一落千丈、鬱鬱不得志。

劉詢登基後，聽聞此人，生了興趣，命他覲見，交談後發現果如外面傳聞，經綸滿腹，才華出眾，當即決定重用蕭望之。當然，劉詢還有另一層更重要的考慮，此人曾得罪過霍光，遭貶抑多年難以得志，必定對霍光有積怨，而自己此時缺的就是這種不畏懼霍光權勢，絕不會被霍光拉攏的有智之士。

在西域問題上，劉詢表現得不想捲入烏孫國的內亂，更不想動兵。雖然在霍光的一再說服下，勉強答應了霍光出兵暗助烏孫，但是他打算派蕭望之作為漢朝特使，隨軍同行。霍光激烈反對，劉詢雖然不和霍光當面發生衝突，但是霍光一日反對蕭望之，他就一日不理會烏孫的戰亂。再加上，朝堂內本來就有不少反戰派的儒生，認為國家剛剛安穩，更應該休養生息，實不該為了一個西域國家的內亂大動兵戈、勞民傷財，劉詢十分欣賞他們的觀點，自然順應著眾位儒生的諫言，按兵不動。

烏孫局勢迫在眉睫，霍光無奈下，只得做了退讓，接受蕭望之為特使。在霍光退了一步的情況下，劉詢也做了更大的退步，答應了霍光的要求，出兵西域。兩方第一回合的鬥爭，看上去還是霍光占了上風，逼得不願意動兵的皇帝都動了兵，但是，霍光卻高興不起來。

霍成君私下裡勸解霍光：「爹，皇上只不過命蕭望之去做特使，又不是什麼大不了的官職，爹爹何必為此不開心？霍家的敵人少他一人不少，多他一人也不多！」

霍光苦笑：「妳也和外面的人一樣，認為我沒有重用他，是因為他在小事上忤逆了我？妳爹爹是如此心胸狹隘的人嗎？」

霍成君吶吶地說：「女兒錯了！難道別有隱情？」

「蕭望之是人才，不要說經史子集，就是兵法律典，他都能倒背如流，也許滿朝文武，沒有一個人能考倒他，皇上一見他，驚為鴻儒，一點不奇怪，我當年也是這般反應。」

「此人竟然如此有才華？」霍成君驚異。

「我當時心生敬仰，立即將他留在身邊，決定歷練一番後，委以重任，但是時間長了，卻慢慢發現此人原來是個紙上談兵的趙括，而且他外表清高自詡、目下無塵，骨子裡卻好名重權，還一點都不肯承認。」霍光淡笑，「朝堂不但不是個纖塵不染的潔淨地，反而是個汙穢重重的骯髒地，只有兩種人可以在這樣的地方成就功業，一種是心性堅貞、無欲而剛的人，這種人如白蓮，身在汙泥，卻絲毫不染，雖然結局常常會很悲慘，但是卻會流芳千古；還有一種人則心思通明，表面上處事圓滑、手段狡詐，內心自有自己的行事原則，這種人像泥鰍，身在汙泥中，卻絲毫不被汙泥所阻，反倒來去自如，甚至化汙泥為己用，是匡扶社稷、治理國家的大才。像蕭望之這樣的人覺得自己是前者，可是他的清高自詡下深藏的是懦弱貪婪，治國一定會誤事。我阻止皇上重用他，怕的是他誤了國家，皇上卻以為我是害怕這般有『才華』的人將來會制衡住我。」霍光的目中全是憂慮，再加上過早蒼白的頭髮，讓人覺得他顯得越發老了。

霍成君聽得發愣，看著面前的父親，心底的感覺很奇怪，每一次，當她以為她已經看明白了父親時，就會發現，還是沒有看明白。父親究竟是狠毒，還是善良？究竟是忠臣，還是奸臣？究竟是重情義，還是性涼薄？究竟是貪戀榮華的權臣，還是心性堅忍的智者？

父親是第二種人嗎？她小聲地說：「父親，你忘記說第二種人的結局了。」

「第二種人的結局？」霍光溫和地凝視著女兒，笑了，很久後，他眺望著遠處說：「有的能全身而退、有的被粉身碎骨，不過，我想他們並不在乎，只要達到了自己的目的，結局如何，他們不關心。」

一大清早，霍光就領著霍禹、霍山、霍雲和霍成君去長安城外的霍氏宗祠，祭奠先祖牌位。

非節慶、非清明、非親人忌日，霍光的舉動在外人眼中未免奇怪，不過霍禹他們早就習慣。自小到大的記憶中，父親高興時，會來宗祠，不高興時，也會來宗祠。宗祠裡烏黑厚重的木門，氤氳繚繞的香火，似乎可以讓父親一切的心緒都平靜。

他們只是猜不透，父親這次究竟是高興還是不高興。朝堂上的一切都很順利，按理說應該是高興的，但青煙繚繞下父親的面容，卻有辨不分明的愁鬱。看似在笑，可瞧仔細了總覺得笑下背負了太多東西，連一貫鎮定從容的父親似乎也覺得難以負荷。

祭奠了祖先牌位，一行人到廂房休息。

因為不是正式的祭奠，霍光自己雖不吃葷腥，但並不禁子侄食用，所以霍山聽說剛從山中打了一隻鹿，忙命人架爐烤肉。

兩個丫頭挽著袖子，拿著鐵箸翻烤鹿肉，兩個婆子在一旁煨酒。霍禹、霍山、霍雲圍著爐子，邊吃酒，邊說笑。霍光倚在暖榻上，一邊啜著清茶，一邊聽著後輩們的笑語。霍成君嫌煙火味重，所以遠離了爐子，坐在霍光下首。她手中把玩著個酒盅，默默沉思，酒冷多時，她都沒有察覺。

「成君，妳在想什麼？」霍光問。

霍成君臉色有些蒼白，往霍光身邊坐了下，輕聲說：「爹爹，就這樣放過雲歌了嗎？」

女兒的執念竟如此重！霍光暗嘆了口氣，「雲歌現在無足輕重，如今朝中局勢不明，沒有必要為了她，和孟玨勢不兩立。」

霍禹捕捉到「孟玨」二字，立即揮手讓丫鬟、婆子們都退下。

霍山卻理解錯了霍禹的意思，笑拿起鐵箸，夾起鹿肉來烤，「其實這東西要自己動手烤來吃，才有意思。」

霍雲給自己倒了杯熱酒，狀似沒有留意，實際卻是凝神細聽。

霍禹說道：「爹，孟珏是我們的敵人，本就勢不兩立，越早除掉他越好。」

霍光淡笑，「雲兒，你說雲歌是從長安城郊的農家中搜出，你們知道雲歌之前被誰囚禁著嗎？」

霍雲的手猛地一顫，酒全灑到了衣袖上，幸虧恰好霍山急匆匆吃了口鹿肉，被燙到了舌頭，大呼小叫起來，把眾人的注意都引了過去。

霍雲趁機把酒杯擱下，偷偷瞟了眼霍成君，大大咧咧地說：「被人囚禁？不是劉弗陵安排雲歌藏在那裡的嗎？」

「如果是劉弗陵安排的，為什麼沒有搜到國璽兵符？為什麼國璽兵符最後會在劉詢手裡？孟珏說，雲歌之前被關在冷宮。」

霍雲、霍禹兩人都「啊」的一聲驚叫，滿臉吃驚和不能相信。

霍禹恨嘆：「竟然就在我們的眼皮底下！」

「我們都低估了劉詢，這位皇上……實在不好應付。」霍光輕嘆了口氣，「他想要孟珏做他的刀，不過孟珏也不是個好相與的人，這把刀不肯順他的心意來刺我。」

霍光說話時，霍雲神色陰晴不定，瞅了好幾眼霍成君，霍成君卻只是低頭靜坐，一派泰然。

霍雲收斂了情緒，也垂目而坐，只臉上罩著一層濃重的寒霜，不知道的人還以為他生氣於被劉詢戲弄了。

霍山把漱口的冰水一口吐掉，趕著問：「如此說來，孟玨倒不是我們的敵人了？」

霍禹冷著臉說：「是敵人，不過是需要拉攏的敵人，最好能讓他的刀鋒也對著皇上，犯不著逼得他和皇上聯手對付我們。」道理雖然明白，氣卻嚥不下，霍禹說著話，猛地一下把面前的酒壺從窗戶砸了出去。

霍光聽到霍禹說的話，本點了點頭，看到他的動作，卻又蹙了蹙眉。他側頭看向一直沒有說話的霍成君，「成君，妳怎麼看？」

霍成君抬頭一笑，「爹爹、哥哥的話都很有理。我只是有點擔心雲歌那丫頭，爹爹當時沒有在場，所以不曾上心，可我親眼看到她的眼神，就是現在想來，都是寒意沁骨，總覺得留著她，是個禍害。」

雲歌身有龍子的事情，越少人知道越好，所以霍光並未告訴其他人。霍禹三人聽到他們的對話，都有些不能理解，但看霍光沒有解釋的意思，三人也不敢問。

霍光知道成君的話很對，留著一個深恨妳的敵人，絕對不智。可是目前，孟玨和劉詢都在保雲歌的命，很難再動雲歌，只能容後再說。

「目前最緊要的是應付好皇上。新帝登基，免不了官員任免，如今又正要在關中和西域動兵，稍不留神，關中的兵權就會被皇上拿回，雲歌的事情以後再說。成君，妳現在最重要的事情是為進宮做準備，劉詢和劉弗陵不同，是個正常行事的男人，他應該會選納妃嬪，用後宮的力量影響朝堂，妳肩頭的擔子很重。」

霍成君的眉頭不禁又鎖了幾分，沉默地點了點頭。其實，從她暗中把雲歌調換出冷宮，她和劉詢的戰爭就已經開始了。她不相信他，他當然也不會相信她。

幾人用完膳後，準備下山回長安。

除了開道的雜役，還有上百名侍衛前後守護，一行人浩浩蕩蕩地行在山道上。霍成君坐著紅緞幔遮的小轎。霍禹三人騎著汗血寶馬。霍光來時本坐的是轎子，回時突然動了興致，命人尋了一匹青鬃馬，騎馬而行。

人雖多，卻訓練有素，沒有任何喧鬧聲，冬天的山谷又靜謐，只有馬蹄踩著山道的「得得」聲。反正隨著隊伍而行，馬又馴服，不需太過操心，霍山已經在馬上打起了瞌睡。

突然，隊伍最前面人叫馬嘶，驚得山林中的鳥兒撲落落尖叫著飛起。

霍山的馬一個急停，霍山被摔了下來，他剛要破口大罵，卻看霍光他們都已經下了馬。

霍禹和霍雲拔刀，打算去護霍光。

霍光的表情很鎮靜，吩咐道：「不用管我，保護好你們的妹妹。」

霍禹、霍雲聞言，忙一前一後護住了霍成君，霍山發了一會兒懵，腦子裡面跳出「刺客」兩字，才總算搞明白了狀況，急忙拔出了刀，趕到霍成君身側。

周邊的侍衛紛紛拔出兵刀，準備阻擋迎敵，近身的侍衛則變換隊形，圍成了好幾個圈，將霍光他們護在當中。

最外的一圈，搭箭挽弓，隨時欲射；緊靠著往裡的一圈，人人都手持過人高的青銅盾牌，搭於地上，彼此密接，像一個青銅城堡；最裡面的兩圈侍衛，有的身著軟甲，擅長近身搏鬥，有的身著重鎧甲，隨時可以用自己的身子擋開刀劍。

霍光的身前身後，還站了幾個垂手而立的人，打扮如霍府普通家奴，但高鼓的太陽穴，顯示出極高明的內家功夫。

等一切布置妥當，霍雲、霍山都平靜了下來，如此周密的保護，刺客怎麼可能突破？他們都握著刀，看向圈子外面。

只見無數白燦燦的刀影中，一根烏黑的鞭子在隨意遊走，如靈蛇吐信，詭譎敏銳，鞭子的末梢，總有辦法在密布的刀鋒中尋到罅隙，攻入持刀人的手腕，輕輕一點，轉瞬即逝，人卻已如被毒蛇咬中，整個手臂都綿軟無力，刀也就掉在了地上。

眼看著侍衛一個個被鞭子掃中，來人漸漸攻到了近前，霍光這才看清楚，刺客竟然只有兩個人！前面的是一個黑紗遮面的女子。一匹黑馬，一襲黑衣，策馬慢行，好似遛馬。普通的馬鞭不過半丈，她手中的鞭子卻有三四丈長，舞得甚是漂亮，沒有半點殺氣，可鞭梢一點，就會有一個侍衛慘叫著棄刀。

女子身後，尾隨著一匹通體雪白的馬，馬上坐著一個男子，錦衣裘袍，金冠玉帶，端得是器宇非凡、華貴逼人，臉上卻戴著個猙獰可怕的銀狼面具，狼頭鑄造得栩栩如生，好似擇人欲噬。溫暖的陽光照射到銀色的金屬上，泛出冰冷無情的光芒，讓人從心裡透出陣陣寒意。面具上一雙漆黑的眼睛，如寒星般清亮，面對他們的重重陣仗，流露著毫不在意的冷漠。

從出現到現在，地上已經死傷無數，他卻只是坐在馬上，袖手靜看著一切，好似不僅僅他們的生死他沒放在心上，就是他前面那女子的生死，他也壓根不關心。

霍禹雖然性格傲慢，但自小被霍光嚴格訓練，又親歷過幾次血光激戰，從不知道害怕為何物，可這次他的手有些發顫，未顧得上還有侍衛在和黑衣女子苦戰，就舉刀下令：「放箭！」

最周邊的侍衛，立即射出了早已搭好的弓箭。

黑衣女子的鞭子快速揮舞，幾丈長的鞭子，如一團旋風，將近身的箭全都捲落。他們射出的箭，沒有傷到敵人，反而將在外面圍攻黑衣女子的侍衛全部射死。

霍山氣急，跳上了馬，「大哥，我出去會會她！」

霍光剛想開口斥責他，只聽一聲洪亮的馬嘶傳來，伴著山谷回音，好似上千匹馬在嘶鳴。霍山座下的馬猛然一個拱背，將霍山摔下，緊接著彎下前蹄，跪在了地上。

霍禹、霍雲所騎的兩匹馬也是面朝男子的白馬跪下。而霍光所騎的青鬃馬雖沒有跪，卻是左跳右躥，極度不安，險些把幾個侍衛踢傷。

男子的白馬如同審查自己的臣子，看了一眼跪在地上的三匹汗血寶馬，滿意地刨了刨蹄子，又昂了昂頭，三匹汗血寶馬這才溫順地立起，俯首貼耳，再無以前「目中無馬」的傲慢姿態。

霍禹顫抖著手，舉起刀再次下令：「放箭。」

這次的箭比先前更加密集，而且動用了幾把弩弓，所以個別箭的勁力十分大，穿透了黑衣女子的鞭影，迫得女子拔出彎刀將箭擊落。

霍禹見狀，心中懊惱。早知道，應該帶羽林營的一個弩弓隊出來，任她武功再高，也得死在箭下。可是誰能料到？只是到長安城外拜祖，又不是打仗，這般的防護已是罕見。

「放箭！」

「放箭！」

……

黑衣女子在密集的箭雨中，艱難前行，好幾次都險象環生、危在旦夕，可她身後的男子仍只是策馬跟隨，冷眼旁觀，沒有任何相幫的意思。

「放……」霍禹的眼睛突然瞪大。

只看男子的白馬驀然加速，在漫天箭雨中如一道銀色的閃電，直向他們撲來，所有的箭都在一片可遮蔽天地的森寒刀影中墜落。

快到青銅盾牌前時，白馬一聲長鳴，高高躍起，如同流星一般，飛躍過侍衛重重的包圍圈，穩穩地落在了包圍圈內。他們以為堅不可摧的青銅盾牌城堡，竟然形同虛設。

所有侍衛立即大亂，前面有黑衣女子，後面有這個男子，他們不知道究竟該阻擋誰。

霍光身前的幾個僕人同時出手。一人輕身躍起，想去攻擊男子，一人去斬馬腿，想將白馬砍倒。白馬不等男子下令，就輕輕巧巧地避開攻擊，後腿同時一踢，給想偷襲牠的人一個重重的窩心腳。三匹汗血寶馬見白馬遇險，突然發難，揚蹄爆走，見誰踢誰，阻止著任何想接近白馬的人。青鬃馬也是又叫又跳，極度不安，想要逃走。混亂中，霍成君險些被馬踢傷，霍山、霍雲忙全力護住她，和幾匹馬打成一團。

在極度的混亂紛擾中，男子的刀卻安靜得像漫天輕舞的雪花。如雪一般寒，可以將一切凝固，令人連血裡都透出冷；又如雪一般姿態曼妙、無處不在，每一刀都會落在人的要害。

實際只是眨眼的一剎那，可在霍光眼裡，一切都好似慢動作，男子的刀，弧光輕旋，燦若星辰，飄若流雲，似乎還述說著江南杏花雨裡的一場旖旎相逢，可擋在他面前的人全被無情的斬殺。

在他的刀鋒前，無堅不摧，保護霍光的幾個高手一瞬間就身首異處。

霍禹眼睛都已全紅，大叫：「保護大將軍！」

無數的侍衛如潮水一般湧上去，在眾人鋪天蓋地的刀光劍影中，男子突然棄馬，從馬上飛身而下，動作如鬼魅一般無聲無息。

霍光好似聽到眾人的驚叫，可是太快了，快得他根本來不及反應，脖子上已經一股寒意直透心底。

一切，立即，靜止。

只有一個戴著銀狼面具的男子，站立在霍光面前。

他手中的刀，搭在霍光的脖子上。

霍禹、霍山、霍雲的腦袋一片空白，霍光在他們心中是不倒的神，不管發生什麼，他都有辦法化解，霍光怎麼可能會被人把刀架在脖子上？

霍成君呆了好一會兒，才有點醒悟，立即大叫：「所有人都住手，退後！」其實不用她說，所有的人早已經停了動作，傻傻地盯著男子和霍光。

她看向男子，半恭敬半威脅地說：「你刀下的人是大漢的大將軍大司馬，你若傷他半分，辱的是大漢國威，大漢必傾舉國之力誅殺你和你的家族。不過，如果你肯放下刀，不管你是有冤，還是有求，我們都會盡力答應你。」

霍光雖然面色有些發白，卻沒有任何慌亂，唇邊反抿著抹淡笑，從容地問道：「不知公子來自西域哪國的王族？汗血寶馬脅如插翅，日行千里，被視為馬中的『天馬』。據《史記》記載，大宛國貳師城附近有一座高山，山上有野馬，奔躍如飛，可是速度太快，人類根本無法捕捉，於是大宛國人想了個辦法，在春天的晚上，把五色母馬放在山下，野馬與母馬交配後生下的就是汗血寶馬。我朝武皇發兵二十萬求汗血寶馬，得了千匹，視若珍寶。可汗血寶馬的優異就是來自野馬的寶貴血脈，我朝汗血寶馬傳到現在，雖然神駿，卻早已經不能算真正的『汗血寶馬』了。你的這匹白馬，想必是野馬馬王的後代。老夫年輕時，也曾去過西域，卻沒有機會去大宛，說來還沒有見過真正的『汗血寶馬』，倒是該多謝公子，讓老夫一睹天馬神姿。」

霍光竟在刀鋒前，侃侃而談，如果不是眼前的景象太怪異，聽的人肯定以為他是在和子侄講古。男子卻毫無所動，只是一言不發地靜站著。

忽聽得馬蹄「得得」，卻看是黑衣女子騎馬而來。因為霍光遇險，眾人心神被懾，根本不知道黑衣女子何時離去。

黑衣女子在馬上回道：「三少爺，五個想去搬救兵的人已死。」

霍光的臉色終於變了一變，他想拖延時間的心思竟然完全被看透。他強笑了笑，開門見山地問道：「公子若想殺我，老夫早已斃命，你想要什麼？」

男子的聲音冷漠如冰，「我要見雲歌，大將軍命人將她接來，她若毫髮無傷，你自然也毫髮無傷。」

再過半個時辰就是原定的雲歌問斬時間，看來此人是專程來救雲歌。霍光呆了一下後，反倒輕鬆起來，原本懷疑此人會和劉詢有瓜葛，不料竟是為雲歌而來，那就好！如果此人是劉詢的盟友，霍氏可就凶險了。

霍成君想張嘴道明實情，卻又遲疑起來。如果來人知道雲歌已經不在他們手裡，會輕易放棄父親嗎？他刀下的人可是大漢的大將軍大司馬，不管他提什麼要求，都可以實現，錯過了今日，絕不會再有下次機會。

霍光本是多疑的人，可是很奇怪，他相信這個把刀架到他脖子上的人。這人舉止間的倨傲，竟讓他覺得幾分熟悉，「雲歌的罪名早已撤銷，已經放出大牢，如今在諫議大夫孟玨府上。」

男子深盯了他一眼，一言不發地撤刀、轉身、上馬。一連串動作，行雲流水。眨眼的工夫，他的人已經在馬上。

仍有幾十個鎧甲森寒的侍衛手持刀戈，圍在他周身，他卻視若不見，十分從容地策著馬離去。

他來得莫名其妙，走得也莫名其妙。

一地的屍首，眾人的心驚膽寒，竟好似只是他的一場遊戲。

霍山怒喝了一聲，將手中的寶刀扔向他。

霍禹如夢初醒，立即下令：「追殺來人！陳田、王子怒立即去調羽林營。」

男子聞聲回頭。

霍山的刀在空中，呼嘯著直直擊向他的臉。眾人都以為他肯定能避開。卻不料，男子不避不閃，任由刀直直擊在了面具上。

「啊！」

不少人的驚叫聲中竟透出了一絲惋惜，卻是驚叫未完，就變成了目瞪口呆。

只看銀狼面具從中裂開，男子卻毫髮未傷，顯然他是有意如此，猙獰的面具下，竟是一張清冷異常的俊顏。

男子的目光在霍光面上微頓一下，轉回了頭。

不過一瞬。

一匹白馬，一匹黑馬，迅速消失在山林中。

看清楚男子容貌的剎那，霍光如遭雷擊，眼前一黑，直直向地上栽去。

霍雲忙扶住了他，「伯伯，伯伯……」

霍禹、霍山、霍成君都立即圍了過來。

「爹，爹！」

「伯伯，伯伯！」

七叫八嚷中，幾個僕人又是給霍光順氣，又是燒艾草給霍光嗅。

霍光的氣息略微平順，人卻遲遲不能回神，似乎在發呆，又似乎在思索，半晌後，他對霍禹吩咐：「不許再追那個人了，也不許對任何人提起今天的事情。」想了想，他又吩咐：「回去後，把今天的侍衛全都安排到邊疆參軍。」

霍禹雖心中不解，卻不敢發問，只能連連應「是」。

雲歌是三月見過的最聽話也最冷漠的病人。

不管多苦的藥，只要端到她面前，她肯定一口喝盡，不管多疼的針灸，她都能毫不皺眉的忍下來。

可是，別的事情上，不管花費多少心思，她都視若無睹。

她對所有人都很冷淡。那種冷淡，不是居高臨下的傲慢，而是小心翼翼的戒備。

三月想起她以前眼神中純淨的笑意時，會覺得很心酸，也終於能體會到幾分公子的心境。連她這個旁觀者都如此，當事人的心中滋味只怕絕非「心酸」二字能道明。

冬日的天黑得早，所以晚膳也用得早。

三月服侍雲歌用完飯，收拾了餐具出來，卻看淡青的冥光中，兩個人立在院子裡，一個黑紗遮面的女子，一個背光而立的男子。

三月自恃武功不弱，可這兩個人何時進入院子，又在這裡站了多久，她竟一無所覺。更何況，雲歌住的地方，二師兄和五師弟輪班帶人守護，這兩人竟能不驚動任何人，就站在了院中。

她謹慎地後退了一步，用力將餐具砸向地面，「來人！」

男子好似有些不耐煩，大步向屋內行去。

三月想攔，一根鞭子悠忽而至，鞭尾幾探，已將她去路全部封死。她看到男子進了屋，又聽到屋內傳來雲歌的驚叫聲，急得要哭出來。如果雲歌再有意外，她如何向公子交代？

黑衣女子看到她的樣子，輕聲說：「從妳準備晚膳時，我就跟在妳身後，看得出來，妳對我家小姐很費心照顧，多謝妳！」

隨著她的話語，她手中的鞭子漸漸慢了下來，三月恍惚一瞬，終於明白了女子話裡的意思，「雲歌是妳家小姐？」

八月、九月匆匆跑進來，看到三月被人襲擊，二話不說就左右攻向黑衣女子。出手就是殺招，三月大駭，對黑衣女子叫道：「小心！」

剛跨進院子的孟玨，卻是叫道：「竹姑娘，手下留情！」

阿竹袖中的彎刀收了回去，人斜斜飛開，三月替她擋下了八月的劍招，九月的雙刺被孟玨匆忙間扔過來的一塊玉珮砸到了地上。

阿竹向孟玨行了一禮，「見過孟公子。」

孟玨作揖回了一禮，「多年未見，妳一切可好？幾時到長安的？」

「很好。中午剛到。」

孟玨看向屋子，「曜也來了嗎？」

阿竹解釋道：「雲歌要被砍頭的告示貼到了敦煌郡，知情人就立即趕來向三少爺通報消息，不是我們不信任孟公子，實在是兄妹連心，沒有辦法不擔心，請孟公子見諒。」

孟玨神情黯淡，向阿竹作揖，「哪裡敢怪罪？當年曾在雲歌雙親面前許諾過照顧她，不想照顧成了這樣，該是我向你們賠罪。」

阿竹側身避開，溫和地說：「我相信公子已經盡力，只是……我家少爺的脾氣，還望公子看在雲歌的份上勿往心裡去。」

孟玨點了點頭。

「我們剛到長安，還不知道發生了什麼，雲歌究竟做了什麼要被砍頭？」

孟玨沒有回答，半晌後，才說：「如果雲歌想說，她會自己告訴你們。」他猶豫了一會兒，還是走向屋子，到了門口，卻再不往前。

這幾日，如木偶人一般的雲歌，終於有了幾分人氣，低頭而坐，眼淚一顆顆地滴到被上。坐在榻側的男子，盯著雲歌，劍眉深鎖，似乎很生氣。

兄妹兩人，一個只是坐著，一個只是垂淚，大半晌都一句話不說。

以男子的寡言少語也終於受不了了，「雲歌，妳啞巴了？我問究竟誰欺負妳，妳怎麼一句話不說？哪裡來的這麼多眼淚？」

雲歌仍只是沉默地掉眼淚。

雲歌自小是個話簍子，沒人搭理都能自己和自己嘀咕半日，幾曾沉默過？男子又是心疼，又是氣悶，平生第一次放軟了聲音說話，「誰欺負了妳，妳告訴哥哥，我幫妳有仇的報仇，有怨的解怨，好不好？收拾完了他們，就帶妳回家，妳想要什麼，我都幫妳去尋，妳想要去哪裡玩，我也都陪妳去。」

沒想到雲歌的眼淚不但沒有停，反倒一下撲到他懷裡，嗚嗚地哭起來。

三哥有些無措，雲歌只在二哥面前會如此，在他面前一貫嘴硬調皮，他身子僵硬，似乎完全不知道該怎麼辦，好一會兒後，才學著二哥的樣子，輕拍著雲歌的背，只是做來極不習慣，臉上的表情很是古怪。

他看向站在門口的孟珏，孟珏抱拳一禮，他卻只微挑了挑唇角，眼中全是不屑的譏諷。

孟珏淡淡一笑，好似淡然自若，實際全身都在戒備，只要雲歌的手指指向他，下一瞬到的肯定就是她三哥的刀鋒。

雲歌哭了會兒，慢慢收了淚，靠在三哥的肩頭問：「我還以為你們都不要我了！爹呢？娘呢？二哥呢？你們怎麼都不來看我？」如果三哥能早點到，也許一切……

雲歌說著話，眼睛裡面又有了淚光。

這丫頭把砍頭當家族聚會嗎？三哥微蹙了蹙眉，沒有回答。

阿竹回道：「老爺和夫人還不知道，去年他們從吐蕃回來時，路經達阪山，碰上雪崩……」

「什麼?」雲歌現在如驚弓之鳥，一點刺激，就臉色煞白。

阿竹忙道：「老爺和夫人性命無憂，只是人被困在了山谷中，一時半刻出不來，怕是要等到春天，待雪化一些，才能設法出來。」

「那，那……」

「小姐不用擔心，三少爺會把食物、衣服都準備好，鴯兒會把東西都帶進山谷。」

三哥蹙著眉說：「妳別閒操心！我看爹把那當成世外仙居了，竟然命我送毛筆和大食的地毯進去，還指定毛筆要用羊脖子上的毛做，地毯要大菊花樣式的。」

「二哥呢?」

三哥的臉色有點難看。

阿竹剛想說話，三哥不耐煩地說：「全家最笨的是妳！二哥的事情，他自己會擺平，實在不行了，還有我，輪不到妳操心，妳的事情呢?究竟怎麼回事?若沒有重要事情，我們立即回西域。」

阿竹柔聲問：「小姐，我看妳面色不好，是病了嗎?」

雲歌沉默了片刻，說道：「三哥，我的事情我也會自己處理好。我知道家裡肯定有很多重要的事情等著你去辦，你和阿竹先回去吧！」

「妳不和我回家?」

雲歌眼中淚意朦朧，「現在不，等我……處理完一點事情，我會回去的。」

三哥凝視了一會兒雲歌，點了點頭。雖然是兄妹，可人生都只屬於自己，沒有任何人可以替代另一個人的人生。

三哥冷聲說：「不要讓我下次冷不防地又收到妳要被砍頭的告示！」

阿竹輕聲說：「三少爺一看到告示就立即上路，從知道消息到現在，幾乎沒休息過。」

三日內從西域趕到長安，即使神駿的汗血寶馬都會累呀！何況三哥的身體本就不好。雲歌自小產後，只覺得心裡如結了冰，連血管裡的血都是冷的，現在卻覺得不管發生什麼，總有一個小小角落會是暖的，好想就此縮回那個溫暖的角落裡面去，可是，想到孩子……

如果他活著的話，會有疼愛他的舅舅；會有武功高強的阿竹陪他玩；還有一個會做菜的娘，她會做給他天下最好吃的東西，她會帶他去爬天山，去吐魯番吃葡萄……

可是，沒有了！什麼都沒有了！他什麼都沒有看到，就被人殘忍地帶走了！

雲歌抬眼看向了孟玨。

孟玨平靜的微笑，一切情緒都被遮掩住。

雲歌眼內的寒芒，刺入他墨黑的雙眸中，很快就被吞噬乾淨，竟是激不起一點驚瀾。

三哥突然說：「雲歌，我替妳另安排一個住處。」

雲歌有些不解，難道三哥的勢力伸展到了長安？可父親不是不許他們踏入漢朝疆域嗎？但能離開孟府，絕非壞事，雲歌點了點頭。

三哥一言不發地抱起了雲歌，向外行去。孟玨讓到一旁，三月想說話，卻被孟玨的眼神阻止住。

這段日子以來，從未有過的安心。雲歌窩在哥哥懷裡，沉沉而睡，迷迷糊糊中覺得馬在爬山，睜開眼睛一看，果然人在山道上。

又行了一會兒，雲歌看四周有不少墓碑，不禁問道：「三哥，這是哪裡？」

「妳小時候不是一直問，有二哥、有三哥，怎麼沒有大哥嗎？」

「嗯，可是爹娘總是不肯回答，每次我問，娘看上去又是傷心又是自責。二哥後來和我說不要再惹娘傷心，等我長大，他會告訴我的。」

三哥勒住了馬，停在一個宏偉的陵墓前。

他抱著雲歌跳下馬，淡淡說：「這就是大哥。」

雲歌「啊」的一聲，因為小時候早猜到大哥已死，所以驚訝遠大於悲傷。大哥的墳墓竟在漢朝！她向前走了幾步，仔細看墓碑上的字：「哀侯霍嬗」，墓碑側下方還刻著幾排小字：「嘉幽蘭兮延秀，蕈妖淫兮中溏。華斐斐兮麗景，風徘徊兮流芳。皇天兮無慧，至人逝兮仙鄉。天路遠兮無期，不覺涕下兮沾裳。」落款刻著「思奉車子侯歌孝武皇帝劉徹」。

雲歌看到前面的詩還未覺什麼，待看到「孝武皇帝劉徹」的落款時，猛地一驚，大哥是什麼人？武帝竟然會為他的離去而「不覺涕下兮沾裳」。

雲歌剛想問，卻看三哥跪在了墓前，恭恭敬敬地連磕三個頭。見一貫倨傲冷漠的三哥都如此恭敬，她也忙跪了下來，面朝陵墓磕頭，「大哥，對不起。我不知道你也在長安，現在才來給你行禮。」

三哥行完禮後站了起來，雲歌問：「原來二哥的霍不是名，而是姓，大哥和二哥都姓霍，我們兩個也姓霍，對不對？我還一直以為我們和匈奴人一樣，是沒有姓氏的。哀侯？大哥怎麼會是漢朝的侯爺？爹娘為什麼不把大哥的陵墓遷走？留大哥一人在這裡，好孤單。」

三哥沒有回答，目光看向了陵墓側面，冷聲說：「霍大人已經聽了很久，心中疑問應該已解。」

霍光從松柏林中緩步而出，面色異樣的蒼白。

霍嫿？霍光？雲歌心中一震，似乎明白了什麼，本就還在病中，身子一軟，就向地上倒去，阿竹忙抱住了她。

霍光細細審視著三哥的面容，半晌後，好似才確認了一切，「你叫什麼名字？」

「霍曜。」

霍光笑著點頭，「日、月、星為曜，天地七星為曜，像大哥起的名字。」看向雲歌時，笑容卻有些勉強，「雲歌是大哥的小女兒？」

「父親的老來女。」一向不多話的霍曜，又特意補了一句，「我們家最寶貝的一個。」

「大哥他……他……」霍光的臉色越發得沒有血色，竟說不出一句完整的話。

「我爹和我娘都很好。霍大人應該不喜我在長安久待，我會立即離開長安，不過雲歌還想在長安再玩一陣子，我就把她託付給霍大人了。」

霍光怔了一瞬，剛想開口，霍曜卻劍眉微揚，飄然退後，護住了雲歌，唇角一絲冷笑，「好個霍大人！」

半晌後，霍光聽到陵墓四周窸窸窣窣的聲音。

霍光忙道：「不是我的命令。」又揚聲命令：「是誰？立即出來見我！」

只看霍成君策馬而來，「爹，女兒看你獨自一人出城，放心不下，所以偷偷跟了來。女兒已經命人包圍了這裡，可爹爹你怎麼……」霍成君怎麼都想不明白，一貫謹慎小心的父親怎麼會和刺客如此接近，難道不怕再次被挾持嗎？

霍光叫道：「成君，命所有人都退下，妳過來，爹有話和妳說。」

霍成君遲疑了一會兒，跳下馬，慢慢走到霍光身側，驚疑不定地看看霍光，再看看雲歌他們。
霍光指了指霍曜和雲歌，語聲艱澀，「那是妳的哥哥和姐姐，妳過去給他們行個禮。」
霍成君眼睛大瞪，嘴巴圓張，滿臉震驚。
雲歌卻是驀地扭轉了頭，緊咬著唇，身子不停的顫著。
霍光對霍曜說：「供奉祖宗靈位的宗祠就在不遠處，既然來了，就去給祖先上炷香吧！還不知道有沒有下一次。」
霍曜想了一瞬，點了點頭。
霍曜帶著雲歌在霍氏的列祖列宗牌位前，依次磕頭、敬香。行到「霍去病」的牌位前時，霍曜看牌位前面的香爐內香灰甚厚，香爐卻纖塵不染，眼中的冷凝不禁淡了幾分。
雲歌怔怔看了會兒「霍去病」的牌位，喃喃說：「這就是爹爹的真名了，我聽過這個名字的。」
霍光對霍曜說：「你放心回西域，雲歌在長安一日，我一定會盡心照顧她一日。」
霍曜拱手為揖，終於說道：「多謝叔叔費心。」
霍光看著他和大哥相似的容顏，眼眶一酸，忽覺得眾多的計較、憤怒、不解、擔心都不重要了。這麼多年的恨憾不就是大哥莫名猝死、嫂子自盡嗎？不就是大哥的無後嗎？
敬完香後，霍光讓霍曜坐到他身旁，細細問著大哥和嫂子的一切。
霍光心情激蕩下，恨不得讓霍曜把所有的事情都仔細告訴他，可霍曜不喜說話，又心冷性淡，霍光問十句，他不過幾個字就答了過去。
霍光聽得心急，卻無可奈何，阿竹見狀，說道：「霍大人想知道什麼，以後可以慢慢問雲歌，雲歌是個話簍子，一件小事，她都能講一天。」

霍光看了眼縮坐在角落裡的雲歌，再看看縮坐在另一個角落的成君，只覺面上笑容僵硬，乾笑了兩聲，將尷尬掩飾了過去。

霍光想到霍曜常年在西域遊走，心內一動，欲張口詢問，卻遲遲不能開口，只覺那個名字竟有千金重，壓得舌不能言。

霍曜見他再無問題，起身想走，霍光一急，不禁衝口而出，「曜兒，你可聽說過馮嫽？」

霍曜面容冷淡，只微微點了點頭，就再無下文。

霍光想問，卻不知道從何問起。流年匆匆，已是多少年過去了？怔怔半晌，他嘆了口氣，擺了擺手，「你們兄妹還有許多話說，我不耽誤你了，你去和雲歌道別吧！」

霍曜微一頷首，向雲歌行去。

霍光將一切情緒都收到了心底，面上又帶上了慣常的從容鎮定。

立在燈旁的阿竹將剛才的一切盡收眼底，忽地開口說道：「西域人怎會不知馮夫人的名字？解憂公主在漢朝積弱的情況下，聯西域諸國，阻匈奴、羌族。她將漢人的文化、醫學傳授給西域各族人，用懷柔的手段讓西域各族對漢朝心生景仰，這些事蹟，西域人盡皆知，可她的功勞至少一半來自馮夫人。」

霍光雖未說話，眼神卻是一黯，好一會兒後，仔細打量著阿竹說：「妳這番話不是一般西域人說得出來的。」

阿竹的面容被面紗所遮，看不清楚神情，只聽她接著說：「我記得多年前，老爺、夫人還和馮夫人有過一面之緣，三人相談甚歡，大醉而散。老爺很少讚人，卻曾說過馮夫人和解憂公主是『巾幗豪讚她們？」

傑』。」

霍光一呆，眼內神色似喜似愁，竟有幾分少年人的扭捏，喃喃問：「大哥……大哥他真的這麼誇

阿竹點了點頭。

霍光忽又想起一事，既喜且憂地問：「大哥當年威名赫赫，她又聰慧異常，她可猜到大哥的身分？」

阿竹道：「我不知道。馮夫人也許猜到了，也許沒有。」

霍光低頭不語。

阿竹向霍光靜靜行了一禮，退了開去。

霍曜坐到雲歌身旁，看到雲歌消瘦的面龐，十分心疼，連話都不願多說的人，竟然重複問道：

「雲歌，妳真的不隨我回去嗎？」

雲歌呆呆地望著三哥。

霍成君是她的妹妹？她深恨的人竟然是她的妹妹？

她該怎麼辦？

……

霍曜從懷內掏出一個東西，放到雲歌手裡。

觸手柔軟，雲歌低頭一看，眼淚頓時奪眶而出，急雨一般灑了下來。

烏黑的髮繩，其上掛著一副女子的耳墜。自從星下盟誓後，它終於又回到了她的手中。

霍曜本是想讓雲歌開心，不明白怎麼又把妹妹的眼淚招惹了出來，幾分懊惱地說：「我記得妳小

時候哭著鬧著要這個東西，這次出來，看娘不在，我就給妳偷偷帶出來了，早知道如此，就不……」

雲歌緊握著髮繩，哽咽著說：「多謝你，三哥，真的，多謝你！」手中的髮繩柔軟溫潤，雲歌的心卻如被尖冰所刺、鮮血淋漓的痛。她俯在哥哥的肩頭，低低卻堅定地說：「我要留在長安。」

霍曜掃了眼霍成君，問：「妳想留在霍府嗎？如果妳不喜歡，我替妳另找地方。」

雲歌下巴靠在哥哥的肩頭，眼睛卻盯著霍成君，一字字地說：「就住霍府。」

霍曜撫著雲歌的頭，極溫和地說：「只要妳覺得高興，不管妳想做什麼都去做，若需要幫手，就派人來找我，這世上，我只知道妳一人是我妹妹，別人，我都不認識。不過，記住了，等心頭舒服一點時，就忘記長安，回西域，我們叫上二哥一起去爬天山。」

三哥罕見的溫柔中透著好似洞悉一切的理解，雲歌眼淚嘩嘩直落，嗚咽著點頭，心中卻明白天山依舊，人已不同。

等雲歌不哭了，霍曜牽著她，走到霍光面前，「叔叔，侄兒告辭。」

霍光站了起來，「路上小心。見到你爹，就……就……」兄弟二人只怕永無相見之日。這些年，他所做的事情，大哥應該全都知道，一切言語都顯得蒼白無力，霍光苦笑了一下，說：「你安心回去吧！我會照顧好雲歌。」

霍曜對霍光行了一禮，轉身而去。

雲歌追送到門口，看三哥和阿竹翻身上馬，策馬離去。

寒夜中，三哥的背影越行越遠，雲歌覺得心中唯一的暖意也越去越遠，到最後，只有掌中的一副耳墜，刺得掌心陣陣疼痛。

霍光咳嗽了幾聲，清了清嗓子說：「雲歌，當心身子，不要站在風口裡。過一會兒，等僕人備好馬車，我們就回家。」

雲歌將髮繩小心地掛到脖子上，輕撫了一下上面的墜子，默默走回屋內。

一直不說話的霍成君卻是猛地一下把懷中的手爐砸到地上，從榻上跳起，急匆匆地要衝出屋子。

霍光斷然喝道：「成君！」聲音中有不容違背的威嚴和隱含的警告。

霍成君停在了門口，看不見她的神色，只看寒風吹拂，鼓得她的衣裙簌簌直抖。好一會兒後，霍成君緩緩回身，盯著雲歌，行了一禮，「姐姐見諒，是妹妹無禮了。」

第四十五章 故劍情深千載頌，人心難測萬古理

濛濛的細雨，籠罩著天地，

才是下午，卻已經有了夜的昏暗。

許平君立在長街中央，看著泥濘路上跪著磕頭的人，神情茫然。

民間若有長輩去世，需守喪三年才可論婚嫁，天家以月代年，「三年」喪期早滿。霍成君如眾人所料，順利入宮，得封婕妤，賜住昭陽殿。不過因為孝昭皇帝還未下葬，所以並未舉行什麼大的慶典。

官員們比較了一下許婕妤和霍婕妤所住的宮殿，誰輕誰重已經一眼明瞭，一個個開始琢磨著準備什麼禮，到時候好能最快送到霍府，恭賀霍家小女得封皇后。

霍成君入宮後不久，一頂青簾小轎將另一個女子抬進了未央宮。她侍寢了劉詢一次後，得了個「長使」的封號，賜住偏僻的玉堂殿。「長使」的品級，光聽名字就可以明白，不過比普通的使喚宮女稍強一點，所以朝中眾人都未留意。只有住在金華殿的許平君和大司馬霍光留意到了這位姓公孫的女子。

因為劉弗陵壯年駕崩，事出倉促，帝陵還未竣工，所以遲遲不能下葬。在如何安葬劉弗陵這件事

情上，劉詢十分為難。如果舉行盛大的葬禮，一是國庫吃緊，二是時間上會耽擱很久，修建帝陵往往需要多年，天氣漸熱，總不好一直停靈梓宮。可是如果簡單了，他更怕朝臣日後的非議。

為了此事，劉詢幾次徵詢霍光的意思，可霍光這個老狐狸，從不肯正面回答他，總是搪塞著說「臣聽從皇上的旨意」。弄得其他朝臣更不敢說話。無奈下，劉詢只能去長樂宮，向上官小妹拿個主意。

劉詢本準備了一堆說辭，想著如何委婉地說服上官小妹同意儘快發喪，畢竟此事關係著上官小妹在全天下面前的尊貴和體面，上官小妹肯定不希望喪事簡單。不料，上官小妹聽完他來意，未等他再開口，就說道：「哀家會頒旨意，禁奢華、從簡樸。」

有了上官小妹的旨意，不管有任何差錯，將來都無須他承擔責任。劉詢對上官小妹的感激又增一重，倒頭就拜，「皇孫替天下黎民謝過皇祖母。」

小妹只淡淡的一絲笑，恍若無。他幾曾看重過這些？看現在的局勢，漢朝和羌族的戰事只怕不可避免，軍餉糧草都是大花費，我若想大葬，他倒會不悅。

有了上官太皇太后的旨意，一切容易了很多。

經過兩個多月的趕工，帝陵接近竣工。朝臣商議下，孝昭皇帝的葬禮定在了一個月後，由太常蔡義主持，葬於平陵。

霍光將消息告訴雲歌，問她想不想在大葬前，單獨祭奠一下孝昭皇帝，他可以替她安排。

雲歌的反應出乎霍光預料，她呆了一呆，竟是好像不明白霍光在說誰，「我為什麼要去祭奠孝昭皇帝？」一扭身子，自顧自走了。

霍光只能心內暗愁百結。雲歌自住進霍府，就是這副不冷也不熱的樣子。成君先前的心思，他還能看懂，可如今也如雲歌一般，心思深藏，任人揣測。在成君進宮前，霍光好幾次想勸一下她，可她從不給他機會開口。無奈下，霍光只能等待時間化解一切，也只能希望時間能化解一切。

孝昭皇帝下葬的日子，司天監預測是個晴天。

可那一天，棺柩剛出未央宮，晴天忽變成了陰天，緊接著，小雨淅淅瀝瀝地下個不停。自春入夏，八百里秦川一直無雨，劉詢急得日日難以安眠，唇上都起了水泡。今日，忽然見雨，雖道路泥濘難行，身子被淋得透涼，心裡卻難得地輕鬆起來。

舉國皆喪，抬目望去，只看天地白茫茫一片。

一遍又一遍的叩拜，一道又一道的詔書，等大禮全部完成，封墓的時候，劉詢心中忽地一緊，沒有立即開口傳旨，下意識地看向山陵四周，掃視了一圈後，卻未看見最該來送別的人。他又投目百官所跪的方向，既是意料之內，也是意料之外，孟珏不知何時，已經離開。劉詢收回了目光，凝視著孝昭帝即將安寢的陵墓，心中百味雜陳，遲遲沒有出聲。

眾位官員以為新帝劉詢不捨孝昭皇帝，一個個哭聲突然加大，都用盡了力氣哀嚎，唯恐顯得自己不夠傷心。

伴著淒風冷雨，天地間一片蕭索。

上官小妹反倒神情木然，冷冷地叫了聲「皇上」。

劉詢心中一震，眼中的迷茫一掃而空，只餘堅毅。他向蔡義點了點頭，蔡義揚聲下令，封閉地宮。

封墓石落下後，地宮就永無開啟之日。

轟隆隆的巨響中，一代帝王永沉地下。

三歲就被百官讚為神童，八歲稚齡登基，未滿二十二歲就突然病亡。他的生命短暫如流星，雖然也曾有過璀璨，可留給世人的終只是抬頭一眸、未及看清的匆匆。

同時間，長安城外一座無名的荒山頂上，一個紅衣女子臨風而立，任雨打面。

連綿起伏的山嶺被濛濛雨幕籠罩，合著山澗霧靄，視線所及，是飄搖不定的昏暗。天地的晦暗襯得女子的一身紅衣越發顯眼。

她似乎尋找著什麼，一步一步地向山崖邊靠近，山風鼓得衣裙像一朵變幻無形的紅雲，裹著纖瘦的身軀搖搖欲墜。行到山崖邊，雲海隱著亂石，根本看不清足落處，只要一步踏空，她就會化雲而去。

隱身在暗處的孟玨，淡然地看著崖頂獨立的女子。

眉梢眼角，冷凝如冰。

他身後站著于安。雨點紛紛，于安臉上滿是濕意，他抹了把臉上的雨水，卻抹不掉心底流動著的深沉悲慨。

「雲歌和皇上來過這裡？」清淡的語氣中，孟玨並沒有太多疑問的意思。

于安謹慎地開口說：「先皇剛知道自己病時，曾帶雲姑娘出過一次宮，當時老奴駕著車，無意中行到了這裡。」

「今日，看不到日出了！」

雲歌輕輕地嘆了口氣，倒也未見得有多遺憾，轉身沿著泥濘山道而下，在雨絲織成的網中，安步當車，緩緩而行，全然未把淒風苦雨當回事情。

此山本就難行，現在有雨，路就更加難走，可雲歌起落間很是從容。于安看了暗驚，雲歌這段日子只怕花了不少時間練武。

雲歌出城時，還是半夜，路上無人，此時回城，卻正過晌午，路上行人不絕。

皇帝出殯，長安城內，處處麻衣白幡，她的紅衣格外扎眼，見者紛紛迴避，唯恐惹禍上身。

未行多久，一隊兵士將雲歌攔住，叱罵了幾聲後，想將她鎖拿回衙門。雲歌自然不肯隨他們去，出手擋開了士兵。

新皇登基，舊帝出殯，本就是敏感時刻，雲歌一身紅衣招搖過市，還公然拒捕，官兵大驚，立即調兵團團圍住了雲歌。

雲歌嘴邊一抹淡笑，竟是隨手從一個士兵手中搶了把長刀，就在長安鬧市中和官兵打了起來。

于安急著叫：「孟公子！」今天的日子，雲歌如此當街大鬧，可是人證物證俱全的大罪。

孟玨卻是好整以暇，負手立在商鋪屋簷下，隔著濛濛雨幕，漠看著長街對面的混亂。

雲歌雖然招式精妙，可雙拳難擋人多，漸漸地，險象環生。于安看孟玨依舊一副坐看風雲的神情，急得正想不顧後果自己出手，卻看到一頂白璧素綢馬車停在了路邊，幾個熟悉的面孔護在馬車邊上。

一個灰衣男子彎著身子，似在聽馬車裡的人吩咐什麼，一瞬後，他匆匆跑到官兵統領前，出示了一個腰牌，說了幾句話，統領驚詫地望了眼白璧馬車，遙遙向馬車行跪拜大禮。車簾微微挑開，一隻手輕抬了下，示意他平身。

統領下令兵士住手，竟丟下雲歌，整隊而去。

因為怕惹禍上身，路人早已躲開，各個商鋪也都緊閉大門，此時官兵又突然離開，原本喧譁的街道剎那間變得冷寂無聲，只屋簷上落下的雨滴，打在青石街道的積水中，發出長短不一的「叮咚」聲。

雲歌不解地愣住，視線掃過長街，看到屋簷下站著的孟玨。

細細雨絲織成的雨幕，如同珠簾，遮得他面容不清，可太過熟悉，只一個模糊的身形，她已知道是誰。

雲歌以為是他多事，冷冷一笑，丟下長刀，就要離開。

白璧馬車的緞簾挑起，一個宮裝素服的女子跳下馬車，「雲歌！」

雲歌腳步停住，回頭看向匆匆朝她跑來的女子。

女子身後，兩個宮女手忙腳亂地一邊撐傘，一邊追，「娘娘，娘娘，小心淋著了！」

許平君站定在雲歌身前。她一身素服，頭上戴著白色絹花，以示重孝，雲歌反倒一身紅色豔衣，如同新嫁。

兩個宮女用傘遮住許平君，雨滴沿著傘沿垂落，如一道珠簾，隔在了雲歌和她之間，許平君一揮手擋開了傘，「妳們都下去！」兩個宮女忙垂首退了開去。

許平君張了好幾次口，卻都不知道該說什麼。自別後，風雲太多，她都不知道該從何說起。而心中對雲歌有太多愧疚，壓得她在這個幾分陌生的雲歌面前有些直不起腰來。

雲歌凝視了她一會兒，忽而一笑，笑意將眉眼中的冷漠融化，她輕聲說道：「姐姐，妳做娘娘了。」

許平君心頭終於一鬆，她還是雲歌的「姐姐」，不管多少風雲，至少這點還沒有變。

許平君牽著雲歌的手，忽地沿著長街跑起來，一串串的淚急急墜落，幸虧有雨打在臉上，所以沒有人知道那些滑落的水珠是從她心頭落下。

只看長街的迷濛細雨中，一個白衣女子，一個紅衣女子，手牽著手，飛一樣地跑著。迤邐的裙裾微微鼓脹，如半開的蓮，砰砰的腳步聲中，蓮花搖曳著閃過青石雨巷，給本來清冷的畫面平添了幾分婉約。在她們身後，飛濺起的雨花，一朵又一朵繽紛的盛開，全都是蒼茫易碎的晶瑩。

許平君不知道她究竟想逃離什麼，又想追尋什麼，她只是想跑。

奔跑中，似乎這段日子以來，被束縛在未央宮內的壓抑都遠離了她，她仍然是一個可以在山坡上撩著裙子摘野菜的野丫頭。

好像跑過了大半個長安城，跑到她的力氣都已經用完時，她的腳步漸漸慢了下來，劇烈的喘息中，她看向雲歌。雲歌髮髻鬆散，濕漉漉的髮絲緊貼著臉頰，顯得很狼狽，眉眼間的笑意卻是十分濃烈。

許平君臉上的淚仍然混在雨水中滑落，可唇邊卻綻開了笑。

兩人妳看看我，我看看妳，忽地相對著大笑起來。

人生路上的瘋跑，只要能有個人陪伴，就值得大笑了。不管這種陪伴是來自親人、愛人、還是朋友，都肯定是幸運的。

她沒有福氣享受來自親人的扶持，也許也已經失去那個最該攜著自己手的人，可是，她至少還擁有一種清淡卻持久的溫暖。

看到熟悉的景致，許平君的腳釘在了地上。

院中的槐樹枝葉長開不久，翠綠中，剛綻放的小白花三三兩兩地躲在枝椏中探出圍牆。雨水洗刷後，更添了幾分皎潔。

原來，她跑了半個長安城，想來的是這裡。

許平君摘下鬢邊的簪子，輕輕捅了幾下，就開了院門。

這開鎖的技巧，還是他所教。

隱約間，樹蔭下，似乎還有個身影在做著木工活，笑著說：「這是十年的老桐木，給兒子做個木馬肯定好。」

院牆下半埋的酒缸旁，似乎還有個人一邊釀酒，一邊嘲笑著她的貪婪斂財，「我怎麼娶了這麼個『愛錢』的女人？都懷孕了還不肯休息，仍日日算計著該釀多少酒，能賣多少錢。」

堂屋內，高高一疊空竹籮靜躺在屋角。以前這些竹籮可是日日都沒得閒，從春到秋，總能聽到蠶兒吃蠶葉的沙沙聲。養蠶是個辛苦活兒，蠶兒結繭前，每天晚上都要起來餵兩次。常常半夜裡，她剛要披衣起來，身旁的人已經下了榻，一邊穿鞋，一邊說：「妳睡吧！我去餵蠶。」

許平君用濕淋淋的袖子抹著臉上的雨水，笑著說：「這屋子倒還是老樣子，沒什麼變化。」

雲歌輕輕「嗯」了一聲，裝作沒有看見許平君臉上過多的「雨水」。

許平君笑著轉身向外行去，「我們去看看妳的屋子。」行到雲歌屋前，卻看院門半掩，鎖被硬生生的扭斷。

如今的長安城裡還有人敢偷這裡？許平君忙推開門，牽著雲歌快步走進了堂屋。

黃銅火盆前，孟玨正拿著火箸整火，看見她們進來，淡淡說：「在火盆旁把衣服烤一烤。」

許平君這才猛地想起，雲歌的身子今非昔比，忙強拖著雲歌坐到火盆旁，自己去裡屋找找有沒有舊帕子、舊衣服。一個看著有點眼熟的人捧了幾條帕子，躬身遞給許平君。

許平君以為是孟玨身邊的人，隨手接過，「有勞！」轉身出了屋子，遞了一條帕子給雲歌，讓她擦臉，自己正想幫雲歌擦頭髮，猛地想起在哪裡見過那個人。那不是一直服侍先帝劉弗陵的宦官于安嗎？可之前她聽小宦官們說，病已本想讓于安繼續掌管宮廷，可他突然失蹤了，一起失蹤的還有宮裡的一批珍稀珠寶、書畫古董。病已為了顧全先帝顏面，祕而不發，也不再追究，只讓七喜替了于安的職位。

雲歌一邊擦臉，一邊說：「姐姐，別光顧著我，妳先自己擦一下。」

許平君猛地一驚，回過神來，強笑道：「知道了。」

三人圍爐而坐，卻無一句話。

雲歌似在專心烤著衣裙。許平君低頭望著火，怔怔出神。孟玨神態淡然，時不時用火箸挑一下火。

雲歌看裙子已經半乾，身上的冷意也已全消，看向許平君，「姐姐，我們走……」

孟玨忽地開口說：「平君，皇上是否打算封妳做皇后？」

許平君沒有立即回答，好一會兒後，才漠然地說：「滿朝文武不是都已經認定霍成君是未來的皇后了嗎？前段日子還有個姓公孫的女子進宮侍寢，只是沒有慶祝而已。」

雲歌垂目看著一塊小小的木炭，從紅色漸漸燃燒成灰色。這位公孫氏女子聽說是一個普通侍衛的妹妹。她入宮不久，劉詢又將她的哥哥公孫止調到了范明友手下。此事讓霍光很是不快，不過劉詢行事謹慎小心，下旨前小心翼翼地請示霍光，似乎霍光不同意，他就不會下旨，此舉讓霍光裡面難受，外面風光，所以即使難受也只能乾忍了下來。

孟玨道：「今日葬禮前，幾個親近的臣子陪著皇上時，張賀說，葬禮後就該立后了，想先問一下皇上的真實想法，皇上的回答出乎眾人意料。」

許平君霍然抬頭，緊盯著孟玨，「出人意料？」

「皇上說起他貧賤時常佩戴著一柄劍，雖不是寶劍名器，可是此劍伴他微時，不離左右，如今不見了，他念念不能忘，所以希望眾位臣子代為尋找。」

恍若掙脫烏雲，跳出黑暗的太陽，許平君眼中剎那綻放的喜悅，讓她整個人亮如寶珠，映得滿堂生輝。

孟玨對即將出口的話有了幾分不忍，「不要做皇后。」

許平君不解：「為什麼？」

孟玨斟酌了一下，說道：「皇后的位置，霍成君勢在必得，妳爭不過她。」

許平君毫不在意的一笑，顯然未把孟玨的話當回事情，反倒半開玩笑地說：「雲歌如今可也是霍小姐呢！孟大哥你當著霍小姐的面說霍家是非，當心雲歌不樂意。」

霍光接雲歌進府後，對外說雲歌是他已過世夫人的遠方親戚，失散多年，好不容易相認，憐雲歌在長安孤苦，把雲歌認作了義女，改名霍雲歌。聽說因得霍光愛憐，就是霍成君見了雲歌都要恭恭敬敬地叫「姐姐」，所以霍府上下，竟是無一人敢對雲歌不敬。許平君雖猜到事情肯定不像霍光說的那麼簡單，病已也曾叮囑過她，讓她見到雲歌時，打探清楚究竟怎麼回事。可她心中自有自己的主意，她認識的是雲歌這個人，不管雲歌姓霍姓劉，是貴是賤，她只知道雲歌如她親妹，那些紛紛紜紜的外事，雲歌願意解釋，她就聽，雲歌不願意，她也沒那工夫理會。

雲歌苦笑著說：「姐姐心情大好了就拿著我戲耍？霍成君早認定皇后非她莫屬，姐姐若不想蹚這潭渾水，這個皇后還是不要當的好。」

許平君反問：「我的夫君已經下了潭，我能只站在岸邊，袖手旁觀嗎？」

孟玨心頭另有思量，劉詢的「尋故劍」真的就是「故劍情深」嗎？可是許平君眼睛內的喜悅太過耀眼，那麼單純的女兒心思，那麼摯烈的渴望，是這段日子以來，他見到的最乾淨的美麗，讓他遲遲不忍擊碎。可是……他不是早已經擊碎過一雙懇求相信的眸子嗎？他不是早已經習慣看鮮花下面的腐葉了嗎？

「平君，妳有沒有想過，如果皇上封了妳為后，妳就站在了刀鋒口上？皇上想要爭取天子的獨權，霍氏想要維護家族的權勢，他們之間的矛盾匯聚到後宮，妳首當其衝。皇上封妳為后並不難，不過是一道詔書。以霍光一貫的性格，他絕對不會和皇帝正面衝突，可妳拿什麼去守住皇后的位置？皇上如此做，已經將妳置於險地，是用妳的安全在換取……」

許平君斷然說道：「孟大哥，你不必說了，你說的道理我明白。我想這也是病已為什麼想要我做皇后的原因。他在朝堂上已經被霍光左右牽制，他不想後宮再被霍氏把持，那是他的家，他需要一個可以安心休憩的地方，而我願意在他休息時，做他的劍，護他左右。他是我的夫君，從我嫁他起，我已立志，此生共進退！我相信他也會保護我，因為我是他的妻！」

雲歌聽到孟玨話語下流轉的暗示，本來寒氣陡生，才想深思，可聽到許平君的鏗然話語，卻又覺得本該如此。愛一個人，本就該與他共進退、同患難，如果她當初也有許姐姐的義無反顧，她和陵哥哥至少可以多一點時光，可以再多一點快樂。

孟珏似對許平君的選擇未顯意外，仍舊微微笑著，「以前，我一直覺得劉詢比我幸運，後來，覺得我比他幸運，現在看來，還是他比較幸運。」

雲歌唇邊一抹冷笑。

許平君看到他們二人的樣子，心中不安，驀然間一個念頭躥進腦海，孟珏究竟為什麼要打掉雲歌的孩子？病已又究竟做過什麼？如果有一日，雲歌知道病已所做的一切，自己該怎麼辦？

孟珏好似完全沒有察覺雲歌的敵意，對雲歌說：「妳既然住到了霍府，有了自己的宅院，有個人就該還給妳了，省得留在我這裡礙眼。」

于安從室內出來，跪在了雲歌面前，「老奴辦事不妥，讓姑娘這段日子受苦了，還求姑娘看在……看在……讓老奴繼續服侍姑娘。」

雲歌腦內轟然一聲大響，痛得心好似被生生剜了出來。

在她的記憶中，驪山上的最後一夜，畫面一直模糊不清。她只是睡了一覺，而他其實一直都沒有離開。

在她的記憶中，他仍倚在夜色深處的欄杆上賞星，似乎只需一聲輕喚，他就會披著夜色和星光，走進屋內。

在她的記憶中，他只是暫時出了遠門。他一定是不放心她，所以打發了于安來，一定是……

許平君看雲歌捂著心口，臉色慘白，忙去扶她，「雲歌，妳怎麼了？」

雲歌搖搖頭，臉色恢復了正常，她對于安說：「陵哥哥都已經讓你來了，我當然不會不願意了，只是我現在暫時住在霍府，不知道你願意去嗎？」

于安簡單地回道：「姑娘住哪裡，我住哪裡。」

雲歌忽想起一個人，開口問道：「富裕在哪裡？」

孟玨說：「在我這裡，我命他也跟妳過去……」

「不用。」雲歌對許平君說：「姐姐，妳還記得富裕嗎？就是我們在溫泉宮認識的那個小宦官。」

許平君笑著點頭，「記得，大家是患難之交，怎會忘記？後來我在宮中也見過他的，他對我極好。」

「如果姐姐決定了當皇后，就讓富裕做椒房宮的主管吧！他在宮裡已經有些年頭，熟知各種宮廷規矩，又和如今服侍皇上的七喜、太皇太后的六順這幾個大宦官都有交情，姐姐若要辦什麼事情，他都能說得上話。」

許平君已在宮內住了一段日子，深知那些看著不起眼的宦官和宮女在整個未央宮的重要性。宮裡的一舉一動都離不開宦官、宮女，可她對這些一直尾隨她左右的眼睛，總是不能放心，想做什麼，也總覺得不稱心。可她出身貧賤，並無外戚可倚靠，自然也無人幫她操心這些事情，未料到雲歌心思轉得如此快，轉眼間，已經幫她解決了一個天大的難題，不禁喜道：「當然好！」

盆中的火炭已經快要燒盡，許平君卻遲遲不想說離去。在熟悉的舊屋，大家圍爐而坐，除少了一個人以外，一切都好似和以前一樣，她眷念著熟悉的溫暖，不想回到冷清的未央宮。

雲歌卻是沒有絲毫留念，炭火剛熄，就站了起來，「姐姐，走嗎？」

許平君只得站起，孟玨將一把舊傘遞給許平君，許平君微點了下頭示謝，一手撐著傘，一手牽著雲歌出了門。

兩人行到巷口，幾個灰衣便服打扮的宦官正尋到了此處，看到許平君和雲歌身後隨著的于安，驚得都忘記了給許平君行禮，一個人喃喃問：「師父，您怎麼……」

于安謙卑地彎著身子說：「不敢，在下如今只是霍府的家奴，當不起各位的敬稱。」

幾個宦官仍看著于安發怔，許平君不悅地哼了一聲，幾人忙肅容請安，再不敢看于安。

許平君揮手讓他們退下，握著雲歌的手，滿是不捨，仔細叮嚀道：「以後不要再在街上打架了。」

雲歌微笑著說：「姐姐不用擔心我，霍光對我很好，他要對我不好，我可不敢當街鬧事，霍家得寵的小姐才能飛揚跋扈。」

許平君「噗哧」一聲笑了出來，「妳呀！早知道妳是這個心思，我倒不該多事了。」語聲中卻仍夾著憂慮。

雲歌笑著說：「姐姐，妳照顧好自己。我的事情，我自己有主意。」

許平君只能點點頭，將手中的傘遞給雲歌，轉身離去，立即有宦官過來替她撐傘領路。

偶有路過的住戶，認出了許平君，都是驚得立即把傘扔掉，跪到了街側，一個幼童不知尊卑，大聲叫道：「劉家嬸嬸，妳答應要給我熬糖吃……」他的母親嚇得面無血色，忙把他的口死死捂住，另一隻手摁著他的頭，母子二人用力磕頭賠罪。

許平君讓他們起來，婦人卻只是一味磕頭，一句完整的話都不敢說。

濛濛的細雨，籠罩著天地，才是下午，卻已經有了夜的昏暗。許平君立在長街中央，看著泥濘路上跪著磕頭的人，神情茫然。

葬禮後不久，張賀和張安世兩兄弟就當著文武百官的面，向劉詢上書，請求冊封許婕妤為皇后。事情出乎預料，霍光一派只能倉促應對。大司農田廣明反對，說許婕妤是罪夫之女，不足以母儀天下，霍婕妤出身尊貴，品性端莊，才是皇后的最佳人選。張安世反駁道，許婕妤雖出身微賤，可與皇上患難情深，更值得眾人感佩。兩方爭執不下，只能請劉詢做主，劉詢雖沒有明說，可話語中一直回憶著和許平君從相識到成婚的始末，說著妻子在他貧賤時，對他的百般照顧，情動處，眼中淚光隱隱。

如孟玨所言，當劉詢表明了態度後，霍光只態度恭敬的接納，並未當面就激烈反對，在右將軍張安世和京兆尹雋不疑的一再覲言下，最終劉詢在聖旨上蓋了印鑒，正式昭告天下，冊封許平君為后。

霍光也許心中有不悅，可面上並未表現出來，甚至吩咐下人準備禮物恭賀許平君封后。可消息傳到昭陽殿，霍成君卻是氣得差點暈過去，她將昭陽殿內所有劉詢賞賜的東西全都砸到了地上，摔不爛的，也要用剪刀一點點剪碎。侍女戰戰兢兢地想勸，卻全被她喝退。

當她砸完所有東西，全身也已無力氣，悲憤攻心，軟坐在了地上，一抬頭，卻看見窗下還掛著一盞「嫦娥奔月」八角垂條宮燈。她望著宮燈，突然大笑起來，一邊笑著一邊竟狠狠摑了自己兩巴掌。霍成君呀霍成君！妳竟然又上了一次男人的當！當然知道他不是君子，可妳以為他至少還會是一個守信用的生意人，妳幫助他登上帝位，他給妳后位，公平的交易！不想他竟然連一個生意人都不是，今日的兩巴掌將妳澈底打清醒，要妳日後永遠記得自己的錯！

劉詢不棄糟糠之妻的舉動傳到民間，讓無數百姓生了感動讚佩。自古都是「痴情女子負心漢」，可劉詢當了皇帝後還如此深情，讓無數女子暗灑感動羨慕的淚水。一時間，長安街頭的劍都貴了幾倍，只因為很多女子買劍贈心上人，望他能如劉詢一般，即使將來封侯拜相，仍記得「故劍情深」。

伴著「故劍情深」的故事，劉詢竟成了大漢開國以來，最受民間百姓喜歡的皇帝。因為百姓心中，這個皇帝不再是龍座上一個高不可及的冰冷影子，而是一個有情有義的人，他如他們一般會笑會落淚，他們覺得劉詢和他們很近。在他們心中，一個對糟糠妻子都如此有情有義的皇上，會對百姓不好嗎？

這一點連孟玨都沒想到，一個還沒做出任何政績的皇帝竟只此一舉就贏得了民心，令孟玨冷嘲之餘，也自嘆弗如！

許平君被封皇后，劉奭成為了劉詢的嫡長子。自周朝以來，天子承襲就沿襲的是嫡長子承位制，太子之位似乎不言而喻地要落到劉奭頭上。朝內忠於皇權的大臣們歡欣鼓舞，被霍氏壓制了二十多年，終於看到了出頭的希望。

爽直的張賀想一鼓作氣地再請劉詢冊封劉奭為太子，心思精明的張安世卻搖頭不同意。張賀有些氣惱，對著弟弟嚷嚷：「張氏既然已經決定效忠皇上，你和霍光之間再無可能，井水不犯河水，你怎麼做起事情來還這麼一副怕前怕後的樣子？」

張安世對著這麼個大哥，只有嘆氣，「太子和皇后不一樣。霍光的性格，可以容許平君做皇后，反正他自有辦法將後宮實際控制在霍氏手中，只要將來霍婕妤得子，這些面子上的事情，他犯不著和皇上撕破臉的爭，可太子……」他搖頭表示霍光絕對不會放棄。

張賀冷笑連連，「太子肯定是要立的，現在只有許皇后有子，不立大殿下，還能立誰？霍光他再巧，也難為無米的炊。你上不上書？你不上，我自己去上。」

張安世想拉沒有拉住，張賀已經大步流星地出了屋子。

張賀的一道請立太子的奏章，如一塊驚天巨石，激得整個朝堂水花四濺。立太子的事情不到準備妥當，劉詢和霍光都不會輕提。可是，張賀的一道奏摺將兩方都想暫時迴避的問題硬給擺到檯面上。不要說霍光震驚憤怒，就是劉詢都心中暗惱張賀的自作主張，可礙於張賀於他有恩，一直忠心耿耿，他又剛登基，真正能倚靠的臣子只有這些人，所以也只能暗惱。事情至此，覆水不能收，只能不得不小心地想出解決辦法。

散朝後，劉詢命七喜將張安世悄悄傳來見他。

劉詢望著下方跪著的張安世，誠懇地說：「張將軍，當日朕和梓童的婚事多虧令兄一手主持，如今他又上書請求立朕和梓童的兒子為太子。朝堂上的情形不必朕多說，將軍心中應該都清楚，朕如今只向你拿個主意，朕究竟能不能現在就立奭兒為太子？」

張安世心內苦嘆，大哥呀大哥，你真是要害死兄弟！朝堂鬥爭中，他一直置身事外，不與任何黨派結交，如今卻被逼得非要明確的選擇一方。

張安世不說話，劉詢也不著急，只是靜靜地等著。張安世乃三朝元老，手握兵權，官居右將軍，心思精明通透，處事沉穩小心，奭兒能不能做太子，張安世是個關鍵。

皇上問的是「能不能現在就立劉奭為太子」，而不是「劉奭適合不適合做太子」，看來，皇上的心思已定，只是早晚而已。當太子很容易，不過一道詔書，只要詔書迅速昭告天下，霍光再強橫，也不能把刀架在皇上的脖子上，逼皇上收回詔書，但在霍光的手段下，劉奭這個太子究竟能否做到登基？

張安世躊躇猶豫了半晌，仍不能決斷，正無可奈何時，心頭忽有了主意，緩緩說道：「皇上，事情到現在，立當然有危機，可不立也不見得就能化解危機，不如索性破釜沉舟，立！一切名正言順後，反倒會讓人有了忌憚，有些舉動也就不敢明目張膽地做了。」

劉詢一拍龍案，猛地站了起來，眼中滿是喜悅和滿意，「好！朕要的就是你這句話。」他快步走下金殿，親手扶起了張安世。

張安世誠惶誠恐地又趕緊跪下，頻頻磕頭，「陛下厚愛，臣不敢！不過……」

劉詢本來龍心大悅，聽到張安世的「不過」，臉色突地一沉，可立即想著自己看重的不就是張安世小心謹慎的性格嗎？遂不悅散去，問道：「不過什麼？」

張安世小心地稟奏道：「大殿下在朝中沒有可以倚靠的臣子，所以太傅就重要無比，皇上若想立大殿下為太子，應該先選好太傅。」

張安世的意思說白了就是嫌棄奭兒勢單力薄，沒有外戚可倚靠，俗語說「師如父」，透過選太傅可以說是替奭兒尋找了一個能倚靠的外戚。張安世則要等看到這個人選，衡量了勝敗後，才會真正決定是否將張氏的生死與太子綁在一起。劉詢在大殿內踱了一會兒步後，坐回了龍榻上，說道：「將軍先回去吧！這事朕會仔細考慮。」

張安世磕了個頭後，低著頭退出大殿。

天色已黑，七喜和幾個宦官進來想掌燈，劉詢揮了揮手，讓他們退下。面對著逐漸變黑的殿堂，他忽然生了幾分無力感，明日上朝就駁回張賀的奏摺嗎？那今日晚上應該去昭陽殿歇息，可是每歇一次，他就是在給自己多製造一分危險！霍成君如果有了身孕……

這個問題，他連想下去的勇氣都沒有。靜靜坐了很久，他猛地站了起來，出了宣室殿，向椒房殿行去。七喜想要喚人，被劉詢阻止了，「你陪朕過去就可以了。」

許平君正在教劉奭寫字，一個簡單的「貳」教了一百遍，劉奭卻依舊沒有學會，許平君的急脾氣發作起來，拽過他的小手想打。

劉奭本來只是噘著嘴不樂意，反正娘打得一點也不疼，可一見父親進來，立即從噘嘴變成了眼淚汪汪，跌跌撞撞地衝到劉詢面前，一把抱住劉詢的一條腿，無限委屈地說：「娘要打我！」

劉詢心頭的悒鬱散了幾分，大笑著把膩在他腿上的劉奭抱起來，「我看我也要打你的手板，竟然敢子告母狀！」

病已竟然會獨自一人出現在椒房殿，許平君有意外的驚喜，笑著整理好坐榻，讓他坐，「你用過飯了嗎？」

劉詢抱著劉奭坐到許平君身旁，「沒有。命人隨便弄幾個家常菜，我們一家人一起吃頓飯吧！」

許平君聽到他的話，再看到他低著頭親虎兒，心裡又是酸澀又是溫暖，忙走到簾子外面命富裕去吩咐御廚做菜。

一家三口團坐在榻上用飯。沒有了一直環繞在四周的宦官宮女，許平君分外放鬆，笑聲不斷。

用完飯後，劉奭嚷嚷著要玩騎馬，劉詢把他放到背上，馱著他在地毯上爬來爬去，父子兩人鬧成了一團。直到劉奭睏了，劉詢才讓人抱了他下去睡覺。

「你太順著虎兒了，現在畢竟是一國之君了，怎麼能還陪著他玩『騎馬』？」許平君一面笑著，一面替劉詢整理衣袍。

劉詢笑摟住許平君，「一會兒就全在地上了，妳整理什麼？」說著，手已經探進了許平君的衣裙內。

許平君「嚶嚀」一聲，軟倒在了他懷裡。

冊封皇后前，劉詢雖然偶爾會來，可許平君心裡一直有彆扭，所以兩人一直是勉勉強強的。冊封皇后之後，劉詢總是來去匆匆，從未留宿過。許平君雖然心裡難受，可也明白，身為皇上的女人，將來的日子也就是這樣了。

今日晚上，她卻忘記了他是皇帝，只覺得他仍是她的病已，滿心歡愉下，又是「小別」，許平君竟體驗到了從未有過的快樂。

完事後，劉詢仍摟著她不肯放，許平君只覺柔情滿胸，看著他的側臉，手指肚無意地摩挲著他的鬢角。劉詢笑起來，在她額頭重親了下，「妳什麼時候再給我生個孩子？」

許平君低笑著說：「這又不是我說了算的，還要看老天爺給不給。」

劉詢把她又往懷裡摟了摟，極溫柔地說：「平君，虎兒對我而言，十分特殊，他是我的第一個孩子，也是我最愛的孩子，為人父母的，總恨不得把一切最好的都能給孩子。」

許平君笑著說：「你在考慮給虎兒請先生的事情吧？是該請個先生了，我最近也一直在琢磨這事。」

劉詢道：「我想把江山給他。」

許平君猛地一下，就想坐起來，卻被劉詢摟得緊緊，根本動彈不得。她說不清楚心中什麼感覺，是該高興病已竟如此愛虎兒，還是該害怕一種突變的命運？

劉詢輕撫著她的背問：「平君，妳在想什麼？」

許平君強笑了笑，「你突然告訴我這事，我現在腦子裡面亂糟糟的，根本什麼都想不了。」

劉詢說：「妳不用擔心了。我心意已定，不管誰反對都不會阻止我立虎兒為太子。太子定了，朝臣們才會有主心骨，只有看清楚了將來，他們才會對霍氏的畏懼少幾分。否則，這幫大臣，算盤一個比一個打得精明，一日不立太子，他們就不會真正幫我。」

說著話，劉詢睏意上頭，漸漸閉上了眼睛。許平君卻是左思右想，一夜未睡。

第二日，劉詢離去後，許平君依舊神志昏昏。富裕抱著劉奭進來給許平君問早安，她才突然記起，竟然忘記去給上官太皇太后請安了，立即匆匆趕去長樂宮問安。

上官小妹見到她，仍是那副不冷不熱的樣子，與她說了幾句話後，就捧起了書卷，暗示送客。許平君起身告退，走了幾步，卻又退了回去，跪在上官小妹面前，「太皇太后，兒臣有一件事情請教。」

上官小妹淡淡說：「妳問吧！」

「兒臣看太皇太后最近一直在看史書，兒臣想請太皇太后給兒臣講一下有關太子的故事。」

「妳不是也識字嗎？如果有興趣，可以找來書籍自己看。」

「兒臣沒有時間了，兒臣只想在最短的時間內瞭解一切。」

上官小妹面無表情地坐著，許平君以為她不肯開口，磕了個頭，正想告退，卻看上官小妹放下了書卷，說道：「那麼多朝代，我也不全記得，就隨便揀幾個講吧！」

許平君感激地說：「兒臣叩謝太皇太后。」

「秦始皇統一六國後，立公子扶蘇為太子，扶蘇公子後來自盡身亡。秦二世胡亥登基後，立子嬰為太子，秦滅後，子嬰被項羽殺死。傳聞我朝高祖皇帝在位時，本想廢了太子惠帝，改立趙王為太子，趙王后來被呂太后折磨而死，惠帝雖然登基，卻鬱鬱而終，死時年僅二十四歲。」上官小妹看許平君臉色發白，問道：「妳還要聽嗎？」

許平君咬著牙，點了點頭。

上官小妹繼續講道：「近一點還有孝武皇帝，他七歲被立為太子，期間經歷了竇太后執政，幾次都險死還生，不過孝武皇帝雄才偉略，迎逆境而上，不僅收回了皇權，還成了歷史上在位時間最長的皇帝。孝武皇帝能收回皇權，廢后陳阿嬌的外戚勢力起了關鍵作用。再後面……衛太子的故事，妳應該很清楚，我就不講了。」

許平君呆呆地跪在地上，臉色煞白。這就是這些太子們的人生嗎？除了孝武皇帝，竟無一個善終。

上官小妹看著她，眼中似有同情，卻是一低頭又拿起了書卷，冷淡地說：「可以和妳說的，我都已經說了，妳回去吧！」

許平君重重磕了三個頭，退出長樂宮。孝武皇帝有外戚可倚靠，可虎兒呢？他什麼都沒有！我這個做娘的，什麼都給不了他！當年的衛太子有著權勢滔天的衛氏倚靠，最後都落了個屍首異處。虎兒不但沒有倚靠，反而有一個權勢滔天的敵人——霍氏。

她只覺得腳步虛浮、天旋地轉。想立即跑去求病已，不要立虎兒為太子，卻知道他的脾氣，如果事情挑明說出來時，就已經再無迴旋餘地。

椒房殿內，宮女正陪著虎兒唱歌，富裕看到她回來，笑道：「殿下真聰明，歌謠一教就會，娘娘打算什麼時候給殿下請先生，開始正式授課？」

一語點醒夢中人！

許平君精神一振，一邊轉身出門，一邊說：「立即！」

她跑到宣室殿，求見皇上，等了不一會兒，七喜就恭請她進去。大殿內無人，只劉詢坐在龍榻上等她。許平君幾步走到劉詢面前，跪下說：「皇上，如果你想立虎兒為太子，就必須請孟玨做太傅，否則，臣妾絕不同意。」

劉詢笑拉起她，「還以為是什麼大不了的事情，我也正有此意。只是下詔書容易，他會不會真心輔佐虎兒，我卻全無把握。」

許平君趁著起身，迅速將眼角的淚印去，平靜地說：「臣妾有把握，皇上就下旨吧！」

劉詢擁著她說：「好！朕在下詔立虎兒為太子的當天，就會命虎兒拜孟玨為師，太子的加封禮和拜師禮同一天舉行，冊封孟玨為太子太傅，官居三公之首。」又向七喜吩咐，「立即傳張安世覲見。」

許平君向劉詢告退，「皇上還有政事處理，臣妾告退。」

劉詢溫柔、卻漫不經心地拍了拍她的背，就放開了她，看神情已經在全神貫注地思索著如何接見張安世了。許平君心頭一陣茫然，安靜地退出了大殿。

劉詢和張安世究竟談了些什麼，許平君永不可知，唯一能知道的就是，張氏家族中的一個女子隨後被選進了宮，得封良人。

第四十六章 而今才道當時錯，心緒淒迷

恍恍惚惚間，劉詢覺得耳畔似有笑聲，
猛地側頭，卻只看到她清冷的側臉，
那些荒墳上的笑聲，越飄越遠，越飄越遠……

劉詢不顧朝堂上的激烈反對，毅然下旨，宣布冊封劉奭為太子，同時宣旨加封孟珏為太子太傅。孟珏從一個百官之外、連品級都沒有的官員一躍而成為和大司馬、大將軍同品級的太子太傅，令不少官員又是嫉妒又是羨慕，暗中嘲笑，本朝專出「鯉魚躍龍門」的事情。一個皇上、一個皇后，如今又出來一個太子太傅。

許平君在孟珏被冊封為太子太傅的第二日，詔雲歌覲見，富裕一見到雲歌，兩個眼圈立即紅了，忙低下頭將她領進了大殿。

雲歌剛想下跪，許平君就跑了過來將她一把挽住，還未開口說話，眼淚就已經在眼眶裡面打轉轉。

富裕見狀，忙命所有人都退了出去。

雲歌默默地摟著許平君，好一會兒後，許平君才慢慢平靜下來，將自己的擔心恐懼一一告訴雲歌，最後問道：「雲歌，妳覺得孟大哥會幫我和病已嗎？」

雲歌想了會兒，反問道：「皇上覺得呢？」

許平君面色有些難看，「皇上不完全相信孟大哥，他一面盡力想辦法提拔我家的人，希望將來能成為虎兒的助力；一面正在我的堂姐妹們中挑人，想給孟大哥賜婚。」說到後來，臉漲得通紅，極為不好意思。

雲歌卻是沒什麼反應，淡淡地說：「不失為一個好主意，姻親歷來是最好的結盟方式。」

「許氏家族中的男兒是什麼樣子，我心裡比誰都清楚，皇上若指望著能出半個衛青、霍去病的，純粹是做夢！我的指望全在孟大哥身上。不知道為什麼，我相信他。有他在，虎兒的命肯定能保住，能不能坐江山那是另外一回事情。」

雲歌聽到許平君前面的話，皺著眉頭思索，似乎剛意識到一些東西，一瞬後，恢復了正常，靜靜聽著許平君的下文。

「我這次請妳來，一是告訴妳，皇上想賜婚給孟大哥，妳若反對，我就絕不答應皇上如此做。二是想和妳拿個主意，霍成君那邊我該怎麼辦？立太子這麼大的事情，她卻一點動靜都沒有，我害怕得要死。」

雲歌道：「大哥的性子不是妳反對他就會不做的，何況他現在當了皇上，漸漸開始習慣高高在上，恐怕更不喜別人干涉他的決定，所以姐姐不必為了我惹得他不高興。霍成君的事情交給我，我會幫妳處理好她的。」

許平君愕然。因為心中太過擔憂恐懼，她只是想找個人毫無顧忌地說說話，並沒指望真的能有什麼解決方法，未料到，雲歌竟然一口應諾，似乎早就想過如何對付霍成君。

雲歌看著許平君呆滯的表情，抿唇笑道：「皇上下詔明天晚上普天同賀太子殿下，那些個禮儀繁複著呢！姐姐趕緊去準備吧！我回去了。」

許平君嘆了口氣，送雲歌出門。

劉奭正在殿門口探頭探腦地看，見到娘親忙撲了上去，「娘，富裕不讓我進來。」

許平君指著雲歌對劉奭說：「這就是娘常給你說的姑姑，快去給姑姑行禮。」

劉奭拽著娘親的手，不肯上前，只盯著雲歌瞧。

許平君很難為情，忙對雲歌說：「他有點怕生。」話出口，卻覺得這句解釋還不如不解釋，尷尬地推劉奭，「快叫姑姑呀！你不是老問姑姑長什麼樣子嗎？」不想，劉奭索性縮到了許平君身後，只露出半個腦袋，打量著雲歌。

許平君正想把他硬拖出來，卻看見雲歌對她眨了下眼睛，笑咪咪地蹲下，右手拿著一枚錢幣給劉奭看，然後將手掌合攏，再迅速打開，手掌中已無錢幣。劉奭瞪大眼睛，「咦」的一聲，湊到了雲歌身前。雲歌將左掌攤開，錢幣躺在左手掌心。劉奭用手指頭碰了下，確認的確是一枚錢幣，雲歌又將手掌合攏、張開，錢幣又沒了。劉奭「咯咯」笑起來，指著她的右手說：「我知道，在這裡！」雲歌笑著打開右手，空無一物。劉奭呆呆地看著她，再仔細瞧著雲歌的兩隻手，都沒有錢幣。雲歌笑著，右手在他的耳畔打了個響指，錢幣出現在她的指間。劉奭看直了眼睛，對雲歌一臉敬慕，拍著手直嚷：「再變一次，再變一次！」

雲歌笑問：「我是你的什麼人？你該怎麼說話？」

劉奭拉住了雲歌的手，一面搖，一面叫：「姑姑，姑姑！再給虎兒變一次！」

小手溫暖柔軟，雲歌卻心中陡地一顫，呆呆地看著又笑又叫的劉奭。

許平君見狀，立即明白過來，忙命富裕帶劉奭下去。劉奭不依，兩隻手緊拽著雲歌不肯放，眼見著就要哭起來。

雲歌強忍著心內的傷痛，給劉奭再變了次戲法，又把錢幣給了他，他才一步三回頭地跟富裕離開。

許平君想勸慰，卻根本想不出任何言語可以化解雲歌的傷痛，只能緊緊地握著她的手，叮囑道：「照顧好自己。」

雲歌強笑了笑，「我回去了，姐姐保重。」

許平君點了點頭，雲歌轉身而去。

雲歌坐在馬車上，只一遍遍想著，他要娶妻生子了！他的人生就這麼雲淡風輕、若無其事地繼續向前了嗎？

回到霍府時，恰和打算出府回宮的霍成君迎面相遇。雲歌是姐姐，成君是妹妹，以前是成君要給雲歌行禮問安。可如今霍成君是君，雲歌是臣，雲歌該給成君行禮。雲歌卻連身子彎都沒彎地直直走到了霍成君面前，「我有話和妳說。」

霍成君冷哼一聲，腳步未停地從雲歌身側走過。

雲歌道：「娘娘應該是為了孟玨的婚事回府的吧！」

霍成君停住了腳步，看了眼小青，小青立即命所有人都退下。霍成君笑對雲歌說：「的確是！皇上想讓孟玨和許家聯姻，父親卻想讓他和霍家聯姻，剛才正和我們商量族中哪個年齡適當的女子可靠。」

雲歌笑笑地問：「娘娘看我如何？」

霍成君愣住，一瞬後，盯著雲歌咬牙切齒地說：「妳休想！」

雲歌說道：「娘娘甘心讓孟玨就這麼娶妻生子、前程錦繡、子孫滿堂嗎？他是什麼樣的人，娘娘心裡很清楚，一般的女子到了他身邊，只怕很快就會忘了自己姓誰，到時候不要跟他一起倒打娘娘一耙就是好的，娘娘還指望她能幫娘娘？」

霍成君鐵青著臉說：「那也輪不到妳。」

雲歌笑著搖頭，似乎感嘆霍成君怎地這麼愚蠢，「妳若真恨他，又真恨我，就該讓我嫁給他。不費妳吹灰之力，就能看著兩個妳恨的人互相折磨，有什麼比這更快樂呢？」

霍成君怒氣全去，愣愣地看著雲歌。

雲歌淡淡地看著她說：「他真以為他做了那些事情後，還可以一個轉身，就好像什麼都沒有發生過地繼續他的錦繡前程？我絕不會讓他娶妻生子、子孫滿堂的。」

還是盛夏，霍成君卻覺得全身寒意颼颼，一會兒後，才冷笑道：「好！本宮如妳所願！」

小青看霍成君在走回頭路，匆匆趕上來問：「娘娘，不是回宮嗎？」

霍成君寒著臉說：「本宮還有事情和父親說，妳在府門口等著。」

小青打了個寒戰，忙退了下去。

霍成君再次出府時，看雲歌倚在她的馬車上，笑賞著街上景致，很是愜意的樣子，小青垂手站在一邊，一臉憤怒，卻不敢發作。

她走到馬車旁，喝斥：「下來！」

雲歌未動，只問道：「如何了？」

霍成君上車坐到她身邊，壓著聲音說：「父親倒是挺疼妳，我剛提議時，他堅決不同意，後來我說是妳自己的意思，他才不反對了。霍雲歌，我只提醒妳，不要忘了妳血管裡面流的是霍氏的血！妳和我的怨恨是妳我之間的事情，妳若做了對不起整個家族的事情，霍氏的列祖列宗不會原諒妳！」

雲歌笑看了她一眼，跳下了馬車。

霍成君寒著臉吩咐：「回宮！」

馬蹄的「得得」聲漸去漸遠，雲歌的笑意盡數消失，眺望著遠方，神情迷茫。夕陽餘暉將整條長街暈染成緋紅色。溫暖的光暈中，她的身影顯得十分輕薄。

一輛馬車踩著青石路而來，她聞聲回頭，看到馬車上的于安，迷茫的眼中綻放出喜悅，卻在看清楚馬車的剎那，喜悅的光芒熄滅，一種透骨的哀傷漫上了眉頭。

一瞬間，于安竟不忍睹，低著頭說：「小姐，馬車已經備好了，您想去哪裡？」

雲歌呆了一下，才似完全清醒，微微笑著，跳上了馬車，「去給太子太傅大人道喜！」

這兩日，來給孟玨賀喜的人絡繹不絕，孟府門前的整條街上停的都是馬車，道路十分難行，常會有馬車擠在路中央動彈不得。幸虧于安馭馬技術高超，馬車上又印著「霍」字，所有的馬車看到他們，都會主動讓道，所以一路暢通地到了孟府。

幾個家丁正守在門前迎客、擋客，其中一個看到雲歌，忙轉頭對身旁的人吩咐了兩句，又趕著跑上來，一邊在前面帶路，一邊說：「雲姑娘……」

雲歌笑著糾正道：「我姓霍，雲只是名。」

家丁立即改口，「霍姑娘，奴才已經命人去通知弄影姐姐了。」

正說著，三月已經跑了過來，笑道：「他們和我說，我還不信，竟真是姑娘！」

雲歌笑道了聲好，問：「孟大人方便見客嗎？」

三月一疊聲地說：「方便！方便！」她領著雲歌向花圃行去，「這會子，堂屋、書房都是人，鬧得不得了。我看花圃倒是還清靜，好多花也開得正好，姑娘就在那裡等等吧！我已經讓師弟去稟告公子了，他肯定很快就到。」

雲歌笑點點頭，「多謝妳。」

三月問雲歌想坐在哪裡，雲歌說「隨便」。三月就在紫藤花架下鋪了湘妃竹席、設了楠木几案，烹了雲霧山茶，確定雲歌一切都方便舒適後，才退了下去。

雲歌漫不經心地打量著四周，不遠處，幾叢芍藥花開得正好。望著花，雲歌腦海中忽地滑過一個人「懶臥芍藥」的不羈樣子。

于安見孟珏到了，向他行了個禮後，悄悄地離去。

孟珏立在花影中，目光專注地凝視著紫藤花架下的人兒。不知道想到了什麼，她一時唇畔含笑，一時又在無聲嘆氣，可不管笑還是嘆氣，眉梢眼角卻總是挽著無數哀愁。

好半晌後，他才提步向她走去，一邊走著，一邊臉上帶起了慣常的微笑。

雲歌正望著芍藥花出神，孟玨一直走到她身旁，她都沒有發覺。

視線內紅紅白白的芍藥花，忽地被一截藍袍擋住，雲歌呆了一呆，才回過神來。

無限風流，都被雨打風吹去！雲歌心中一聲長嘆，緩緩抬頭，和孟玨視線相觸時，也已是笑若春風，「恭喜孟大人。」

孟玨坐到她面前，微笑著將手中的一個小木盒遞給她，「妳應該是專程為此物而來。」

盒子內放著一塊錦帕，帕上壓著一個小陶瓶。雲歌將瓶子打開，倒了一粒藥丸到手中，一邊看，一邊問：「如何使用？」

「錦帕上有具體用法。此物遇水就化，小心收存。」

雲歌立即將一粒藥丸丟進茶杯中，端起輕抿了口，「有異味！我要的是無味無色，人不知鬼不覺的藥。」

「時間有限，我只能做到這個地步，妳若不滿意，就還給我。」

雲歌把陶瓶收到了荷包裡，「我要。」

孟玨說：「妳要我做的東西，我已經給妳，現在該妳告訴我，妳和霍光究竟是什麼關係了。」

雲歌湊到他眼前，下巴微揚，笑睨著他說：「我告訴你了，你肯定要後悔得晚上睡不著覺。」

孟玨往後退了一退，拉遠了與雲歌的距離，淡淡說：「洗耳恭聽。」

雲歌坐回了原位，「其實一句話就可以解釋清楚我和霍光的關係，我爹爹很久很久以前的名字叫

『霍去病』。」

孟珏的笑在臉上僵了好一會兒後，才又恢復正常。

雲歌慢悠悠地說：「你別想著用這個對付霍光。一則，年代久遠，既無人證，也沒物證，你的話不會有人相信；二則，霍光和病已大哥沒什麼關係，我爹和病已大哥卻都是衛家的血脈，大哥心裡究竟會怎麼想，你可猜不準。」

她拍了拍裙上的落花，站了起來，「這次合作十分愉快，謝謝你了。」說完，轉身欲走，卻又突地回了頭，側眸笑道：「幾日內，你會收到我的一份大禮，不要表現得不開心哦！」一陣輕笑，步履輕快地走出了花圃。

為了慶賀太子冊立，未央宮的前殿裝飾一新，比起劉詢登基的時候都絲毫不差。劉詢、許平君並肩坐於金鑾殿上，霍婕妤、公孫長使、還有新近入宮的張良人也依各人身分列席。百官、命婦依照品級而坐。孟珏是將來的天子師，座位自然在最前面，和霍光同席。

劉詢今天晚上是真的開心，笑聲不斷。底下的官員們有真開心的，也有假開心的，可不管真假，笑聲卻是一點不能吝嗇，不停地陪著劉詢笑了又笑。

孟珏總覺得心裡有絲不安，劉詢和霍光的笑都別有意蘊，仔細想想，卻又實在想不出來，今天晚上這樣的日子他們能做什麼。

歌舞聲中，眾人紛紛恭賀太子殿下，向太子殿下道完了喜，又向孟珏道喜。恭賀太子殿下是假，給孟珏道喜才是真。太子殿下還是個小不點，什麼都不懂，要巴結奉承也是日後的事情，和孟珏搞好關係才是現在的關鍵。

席間，張安世一句笑問「孟太傅可定了親事」讓幾個正在敬酒的人一下豎起了耳朵，心中唉嘆「完了！晚了！要被張家搶先了！」，直恨不得當場打自己一耳光。難怪人家是正一品，自己只能是個副二品，這就是差距！

孟珏心中明白過來，拱了拱手，正想用話語避開這個問題，劉詢已經笑道：「朕與孟愛卿是微時故交，這事朕倒是很清楚，他的終身大事還沒著落，張愛卿若有好人選，趕緊告訴朕。」

張賀站了起來，朗笑道：「臣最愛做媒，皇上和皇后娘娘就是臣給說到一起的，想當初許家婆子還不樂意，看如今這和和美美的！許夫人，妳不再埋怨我了吧？」

許母臊得直想找個地洞去鑽，許父唯唯諾諾地賠著笑說：「不敢，不敢！」大殿上一片笑聲，張賀笑說：「今日，臣給孟大人也說個媒，仍是許家的姑娘，皇后娘娘的堂妹，論模樣、論相貌都是出挑的，性子也好，絕不會委屈孟大人。」

劉詢趕在孟珏開口前，笑著說：「朕見過她，確是一門好親事。」

劉詢的意思已經很明顯，眾人也都明白了這門親事是要把孟氏和許氏的利益連在一起。

金口玉言，眼見著一切就成定局，霍光忽地笑道：「老臣也湊個樂子，老臣也知道一位不錯的姑娘，和孟太傅十分般配，雖不敢說千裡挑一，但這長安城裡若想再找一個更好的出來，卻有些難！」言語間雖然只誇著自己的人，卻句句在損許家的姑娘。

霍光一向謹慎恭敬，就是對一般人都很客氣有禮，今日竟然當眾擠損許家。大殿裡靜了一靜，才又笑起來，但是笑聲已經明顯透著勉強。

張賀正想當場發作，張安世在案下狠狠地拽了他一下，他才閉了嘴，仍不滿地瞪著霍光。

劉詢笑道：「不知霍大人所說是誰？若真有這般好的人，朕和梓童也想見見。」

張賀小聲嘀咕：「就是！是騾子是馬牽出來溜溜，別光是嘴裡吹！」

霍光笑道：「臣想說給孟太傅的姑娘，皇上和皇后都認識的，就是臣的義女霍雲歌。」

劉詢和許平君都愣在了金鑾座上，神色怪異。孟珏猛然側頭，盯向雲歌，卻見她深低著頭，根本看不清楚表情，一副十分不好意思的樣子。

張賀看著雲歌，咂了咂嘴，再沒吭聲。張安世看了眼兄長，奇怪起來，這人怎麼突地就心平氣和起來了？

從宴席開始，就一直沒有開口說過話的許平君突然問道：「霍大人可徵詢過雲歌的意思？她自己可願意？」

霍光還沒開口，霍成君就笑道：「孟太傅人才出眾，臣妾的姐姐當然樂意的，臣妾求皇上允了這門婚事吧！」

雲歌抬頭，對著許平君疑問的視線點了點頭。

劉詢遲遲不肯說話，只是盯著雲歌。

許平君不解地望了雲歌片刻，毅然起身，面向劉詢跪了下來，求道：「皇上，臣妾覺得不論性情，還是容貌，雲歌都與孟太傅更般配，求皇上准了霍大人的媒！」

霍成君也跪了下來，滿臉誠懇地同求。

這是許平君和霍成君第一次意見一致，恐怕也是最後一次。

殿下的百官澈底看傻了，不明白今天晚上唱的是哪齣戲，只能靜悄悄地看著殿上的兩位娘娘同為霍家求婚。

劉詢強笑著說：「這事容後……」

孟玨突地跪了下來，一邊磕頭，一邊說：「臣煢孑一人，霍小姐正是良配，求皇上准婚！」

霍光笑咪咪地說：「臣代小女求皇上准婚！」

現在的場面已成了射出去的箭。劉詢看了眼仍跪在地上的許平君和霍成君，只得一手扶著一個，挽起了她們，朗笑道：「雙喜臨門，可喜可賀！可喜可賀！霍雲歌山水清韻、花木風致，許香蘭性生婉順，質賦柔嘉，特賜婚於太子太傅孟玨，誥封霍氏正一品夫人，許氏從一品夫人。」一旁早有官員執筆將劉詢的話一一記錄，潤色整理成聖旨。

霍光笑著向劉詢謝恩，將不悅全放在了心底。孟玨卻僵跪在地上，沒有立即反應。

霍成君一泓秋波，從雲歌臉上掃過，落在了孟玨身上，笑著說：「皇上真是厚愛孟太傅！一門竟有兩位一品夫人。恭喜孟太傅！」

孟玨警醒，忙磕頭：「臣謝皇上隆恩。」殿上立即響起眾人七嘴八舌的道喜聲。

劉詢只抬了抬手，讓他起來，拿起桌上的酒杯欲喝，卻早已是空的，七喜忙端了酒壺過來斟酒，劉詢未等酒斟滿，就不耐煩地問：「歌舞呢？」

一旁侍奉的宦官立即命奏樂。因是賀太子冊立，歌舞喜慶歡快，滿殿的人也好似都喜氣洋洋，劉詢笑賞著歌舞，緩緩端起酒杯，一口一口地喝著酒。

雲歌等著兩曲歌舞完了，眾人對她的注意都散了時，藉著更衣，悄悄退避出了筵席。都是熟悉的路徑，不大會兒工夫已經行到宣室殿外。有宦官過來查問，見是她，倒是愣了，「姑娘怎麼在這裡？」可他的面孔對雲歌而言，卻是陌生，「你在宣室殿當值？」

「是！皇上登基後，將奴才從驪山調到這裡。」

那病已大哥應是相信他的了，「麻煩你幫我帶個話給皇上，說我想私下見他一面。」

「姑娘客氣，奴才立即找人去給七喜總管傳話。」

雲歌點了點頭，眼睛一直望著殿內。

宦官請她進殿等候，她沉默地搖搖頭，可一會兒後，又向前行去，未走幾步，卻又猛地停住。她似想後退，又似想前進，幾番猶豫後，遲遲疑疑地走進了殿門。

宦官在前面帶路，想領著她去正殿，笑問：「姑娘想喝什麼茶？」身後沒有回應，一轉身，看見雲歌不知何時早停了腳步，呆呆立在院內。

宦官小步跑著回去。

雲歌似乎盯著院內的一草一木，眼中卻空無一物。他隱隱明白了緣由，輕輕說：「姑娘要用人，喚奴才就可以了。」說完，也不管雲歌有沒有聽到，悄悄退了下去。

劉詢進來時，雲歌正低頭立在蔦蘿架下，一手扶著竹架，一手輕撫著葉蔓。隔著疏落間離的綠葉看去，她的人如籠在氤氳流轉的青紗中。他身後的宦官想出聲命雲歌跪迎，劉詢擺了下手，令他下去。

他輕步走到藤架前，低聲說道：「妳來晚了，花期剛過。」

雲歌抬頭，看見綠葉中，一雙黑漆的眼睛，若星辰一般，將她陰冷黑暗的迷途突然照亮，她笑了起來，「你說『蔦與女蘿，施于松柏』，很難種在庭院，可我種活了。」語聲輕得似怕打碎夢境，快樂卻盈滿了整個天地和她的眉眼。

雲歌走近，伸手想觸碰他，又突然想起什麼，立即縮回了手，「我知道我一碰，你就會像以前一樣又走了。這次我不動，也不說話，你多陪我一會兒，就一會兒。」

她的目光沉靜纏綿，不管紅塵繁華、時光荏苒，天地在她的眼中，唯有他！

劉詢只覺得醺然欲醉，醉夢中，時光似將過去與現在最完美結合。他溫柔地凝視著她，分開了擋在臉前的藤葉，輕聲說：「雲歌，我不會消失。」

雲歌怔怔地看著他，眼中有了一層霧氣，遮得她的人在迅速遠離。劉詢伸手欲握，雲歌恰後退了一步，躬身行禮，「皇上，臣女失禮了。」

劉詢遞到半空的手，突然改向，落在了一片藤葉上，好似本來就想去撫那片葉子，「雲歌，妳還要和我玩君和臣的遊戲嗎？」

雲歌笑直起了身，「那你要我叫你什麼？還是『大哥』嗎？」

劉詢繞過藤架，站在了雲歌面前，「嗯。」

一個宦官抱著一卷湘妃竹席，鋪放在花架下。七喜端著一方小几過來，上面放著兩杯剛烹好的茶。劉詢淡笑著說：「給朕拿壺酒來。」

七喜忙去拿了壺酒，劉詢連酒杯都未用，拎著壺直接倒進了嘴裡。

雲歌本想等著他問「尋我何事」，可劉詢根本不開口，只倚坐在藤架下，笑喝著酒。

雲歌低著頭，將手中的茶杯轉了一圈又一圈，幾次想開口，卻都難以成言，心內紛亂忐忑，左思右想著，真的能行嗎？大哥他能答應嗎？

「還記得嗎？有一次我們也一直沉默地坐在院子裡。」暗沉的聲音在黑夜中突兀響起，雲歌呆了一下，真正地微笑起來，「嗯！那次我們還去見了衛皇后，我當時不知道她是……其實我該給她磕個頭的，我知道大哥正在給衛皇后重新修建陵寢，等遷葬後，我再去給她磕頭。」

一個小宦官匆匆跑了進來，將一盞燈籠捧給劉詢，磕了個頭後，就又立即退了下去。劉詢沉默地將燈籠遞給雲歌。

雲歌不解地接過，「給我的？」看了一會兒，才突然想起是上元佳節時，自己想要而未得的那盞燈籠。沒有開心的感覺，反倒湧起了酸楚，她隨手將燈籠放到一旁，卻又不忍拂逆劉詢的一片好心，強笑著說：「多謝大哥！」

劉詢俯過身子，緊盯著雲歌問：「妳真願意嫁給孟玨嗎？妳要不樂意……」

「真的是我自己的主意。」

「那我呢？」

「什麼？」雲歌完全不能明白。

「我算什麼？」

「大哥，你喝醉了嗎？」雲歌身子後仰，想要避開劉詢。

劉詢猛地握住了雲歌的胳膊，「我身在監牢時，是誰花費了無數錢財買通獄卒，只為了讓我晚上能有一條毯子，白天能多一碗飯？是誰又是哀求又是重金的將當鋪裡的玉珮贖回？是誰為了向霍光求情，以廚技大鬧長安，還不惜得罪當時正權勢鼎盛的上官家族？」

雲歌搖頭，著急地說：「大哥，你誤會了！」

「我誤會了？」劉詢笑起來，「雲歌，妳看我的眼神，我不會誤會！雖然妳總是躲在暗處，每次我一看妳，妳就閃避開了，可我心裡都明白。只是當時……當時我沒有辦法，自己的命都朝不保夕，我拿什麼去擁有妳呢？只能裝作什麼都不知道，雲歌，那些東西呢？那些盛在妳眼睛裡面的東西呢？為什麼沒有了？我想妳像剛才那樣看我，我現在可以給妳……」

「大哥！別說了！那些事情是我的錯！你已經有一個天下最好的妻子，現在後宮裡面還有張良人、公孫長使，以前的事情，你就別再想了，那些事情真的是誤會。」

她竟然將以往的一切一筆勾銷，好似那些東西都是他幻想出來的。劉詢傷怒交加，「誤會？我不相信我親眼看到的、親耳聽到的是誤會。在妳心中，我先孟玨一步，如果不是我無奈退讓，他哪裡會有機會？雲歌，不要嫁給他！我如今哪裡比他弱了？」他想拉她入懷，雲歌扭著身子要閃。

劉詢武功高強，雖然因醉只剩了六七分，可武功大進的雲歌也只勉強和他打了個平手。兩人一逼一躲，整個蔦蘿花架都顫起來，酒壺、茶杯、燈籠全摔在了地上，叮叮噹噹地響，可沒有任何人出現，似乎整個宣室殿只有他們。

纏鬥中，劉詢漸占上風，雲歌的兩隻手都被他縛住，動彈不得。他輕撫著她的臉頰，喃喃說著，「雲歌，所有可望不可及的東西，我都得到了，只剩妳了……」手指摸過她的唇時，雲歌猛地張口重重咬在了他的掌上。

猝不及防受到攻擊，巨痛下，他立即收回縛著雲歌雙手的手，本能防護地揮掌。剎那，掌風已經掃到雲歌的太陽穴前，雲歌根本沒有辦法閃避，只抬眸望向了他。被那雙眸內的清寒波光一映，他突地打了個冷戰，生生地頓住掌勢，酒立即驚醒了一半。

雲歌趁著他愣神，立即退後，緊緊地拉著自己的衣服，遠遠地縮坐到了花架盡頭。

「我……我……」劉詢看著自己的手掌，不能說話。

「大哥，以前的事情，你看到的、聽到的都是真的，可那只是因為我誤會了你的身分。我和陵哥哥小時候就有婚誓，我來長安是為了尋他，因為你長得和他有些像，又有一塊一模一樣的玉珮，所以我將你誤認作了他。你所看到的、聽到的，其實都是我為他而做，不是因為你。」

雲歌躲在花影中，整理衣裙，不知道是因為語聲模糊不清，還是他根本就不想聽，一切的語句都變得支離破碎、晦澀難解，只是落到心底時，扎得心一陣陣尖銳的疼痛。

「大哥，對不起！我不知道我當時的行為會引起這麼大的誤會，請大哥原諒我。許姐姐對大哥情深意重，大哥也一直對姐姐呵護疼愛，你們一定要幸福。」

劉詢好似已經完全清醒，理了下長袍，揮揮衣袖站起來，微笑著說：「她是對我『情深意重』！」最後四字有著異樣的重音。

雲歌整理好衣裙，走了出來，臉上仍帶著紅暈，神態卻已經坦然大方，「大哥懂得就好，要好好珍惜她。你是皇帝，可以找到無數美麗出眾、溫柔婉約的女子，可世間再不會找到第二個人如此對你。」

劉詢的微笑下，有著疏離冷漠，「妳找我什麼事？」

雲歌咬了咬唇，鼓起勇氣問：「大哥，你想要霍成君為你生孩子嗎？」

劉詢盯著雲歌，沉吟著沒有回答。

「大哥，告訴我真話！也許我可以幫到你。」

劉詢低垂了眸，「她若有了孩子，虎兒就會很危險。這一生，我也許還會有很多孩子，可他肯定是我最愛的孩子。」他的唇邊有微笑，「我親手給他做搖籃，親手給他做木馬，親手給他洗尿布，就是現在，我仍然願意趴在地上，讓他騎在我的背上，陪著他玩騎馬。虎兒永遠是我的兒子，而別的孩子從一出生，就還有另一個身分，他們還是我的臣子，不管他們再怎麼聰慧可人，這些東西，我給不了了。」

雲歌彎著腰尋了好一會兒，將先頭滾落在地上的一個小陶瓶撿起，遞給劉詢。

劉詢接過，打開看了一眼，「這是什麼東西？」

「每次和霍成君行房事前，給她吃一粒，她就不會有你的孩子。」

竟然有這樣的藥？劉詢眼中射出狂喜，匆匆將藥丸倒到掌心，放到唇邊嚐了下，「異味太重。霍成君不是一般女子，她自幼出入宮闈，在這些方面一直很小心。」

「我試過了，這個藥丸遇水立化，放在當歸、鹿茸燉的山雞湯中，就嘗不出來異味。大哥可以想個辦法，常陪著她喝一些。當歸、鹿茸對男子溫補腎陽，對女子調經養血。就算她命太醫去查，只要查不到當時喝的那一碗，就沒事，反而會因為大哥的恩寵而高興。」

劉詢看著雲歌的目光透著怪異，遲遲沒有說要還是不要。

雲歌忐忑不安，細聲說：「大哥是皇帝，她是你的妃子，說話間可以很容易地將藥丸順入湯碗中，再精明的太醫、宮女都看不出異樣的。」

劉詢淡淡地笑起來，將陶瓶仔細地收入懷中，一邊向外行去，一邊說：「雲歌，妳變了。」

雲歌的緊張消散，隨著他的步履走出大殿，淡笑著說：「大哥不也變了許多？」

劉詢緊抿著唇角，沒有說話。

暗夜中，不聞他音，只兩人衣袍的窸窸窣窣聲。

這般富麗堂皇的宮殿中只瀰漫著沉默；那個荒草沒膝的野墳堆裡卻蕩漾著一串串的笑聲。

恍恍惚惚間，劉詢覺得耳畔似有笑聲，猛地側頭，卻只看到她清冷的側臉，那些荒墳上的笑聲，越飄越遠，越飄越遠……

雲歌看到一個軍官打扮的人影從宮牆間閃過，她突地拔腳就追了過去。那個人影也發現了她，立即加快了步伐。

劉詢叫道：「雲歌，妳做什麼？趕緊回來！」

雲歌卻好似完全沒有聽到，只像瘋了一樣地追著那個人影，劉詢無奈，也追了過去。

宮牆間，越走越偏，都是雲歌從沒有到過的地方，有侍衛發現了雲歌的蹤跡，喝斥道：「皇宮禁地，豈能狂奔亂走，來者立即止步！」

雲歌眼看著那個身影閃入了宮牆暗影中，急得不顧一切往前衝。

侍衛拔了刀出來，將她攔住，正要動手，劉詢在後面叫：「都住手！」

侍衛看清楚來人，忙跪了下來。

雲歌在各個廊柱殿門間快速遊走，卻根本沒有了那人的身影。

劉詢問：「妳究竟在找什麼？說出來，朕命人幫妳一起找。」

「一個穿著黑色軍官衣服的人，剛剛從屋簷下掠過。」跪在地上的侍衛你看看我，我看看你，齊齊搖頭，「臣等只看見姑娘跑了過來。」

雲歌不肯甘休，裡裡外外地翻找了一遍，仍沒有發現任何蛛絲馬跡。

劉詢勸道：「回去吧！這麼長時間不見妳人影，妳義父肯定已經開始著急了。說不準，是妳一時眼花，把野貓當了人影。」

雲歌尋不到人，也只能先回去，她靜靜走了會兒，說道：「那個人殺了抹茶，我絕對不會看錯！我一定會找了他出來的。」

劉詢說：「這裡的侍衛全是霍光的人，妳找到了又能如何？妳既然都已經原諒了霍光，也認了他做義父，有些事情就索性忘記吧！」

雲歌只固執地說：「我要找到他，這是我欠抹茶的。」

劉詢無奈地嘆了口氣，「我會命人盡力幫妳去找。」

「謝謝大哥。」

雲歌微弱的笑容中流露出他熟悉和渴望留住的東西，但他竟不敢多看，匆匆撇開了目光。

接近前殿時，兩人分路而行。雖然已經刻意避嫌，一前一後回到宴席，可他們離席時間這麼長，一直留心著二人的人們，心中都早有了各種猜測。

許平君剛看到雲歌時，臉色突變，一瞬後，卻笑著搖了搖頭，神態安然地給虎兒夾菜。霍成君卻是一時臉色鐵青地看向劉詢，一時又笑意綿綿地看向孟玨。孟玨面無表情地凝視了雲歌片刻，轉過了頭，背脊孤獨倨傲地挺著，整個人好似已經和黑夜融為一體。

雲歌根本沒留意到席上的一切，心中仍縈繞著抹茶的身影，端起酒就灌了一大杯。旁邊的宮女藉著給雲歌倒酒，小聲說：「小姐，妳的頭髮，避席理一下吧！」

雲歌臉刷地通紅，忙站了起來，匆匆迴避出席，早有宮女捧了妝盒鏡匣過來，伺候她重新梳妝。髮髻有些鬆散，倒還不至於凌亂，只是簪子上勾了一縷蔦蘿翠葉，夾雜在烏髮間，有些扎眼。一對翡翠耳環，只剩了一隻，另一隻耳朵看著空落落的。宮女替她梳好頭髮，耳環一時找不到配對的，索性把另一隻摘了下來，看看一切都妥當了，笑稟：「霍小姐，奴婢告退。」

雲歌臉埋在粉盒前，不想再出去，實在太尷尬了，人家會怎麼想她和皇上？呀！許姐姐！雲歌跳起來，急匆匆地跑了出去。

許平君似已料到雲歌返來，第一個尋的就是自己，雲歌剛進去，她就迎著雲歌急切的視線，盈盈笑開，雲歌心中驟暖，也盈盈笑起來，目光看向劉詢時，卻不免有些惱。

劉詢右手攏在袖中，左手端了酒杯正與孟玨喝酒，小手指上戴著個翡翠指環，映著白玉杯十分顯眼，看仔細了，發覺正是自己掉落的那只耳環。

似感覺到有人看他，劉詢側眸看向雲歌，未理會她的惱意，反倒唇角似笑非笑，一味地盯著雲歌。

雲歌眸光流轉間，掃到霍成君和孟玨，忽地唇角微翹，似羞似惱地嗔了劉詢一眼，低下了頭。

殿堂坐滿了人，又歌舞喧譁，笑語鼎沸，大部分的臣子都未留意到雲歌的出出進進，皇上指上的一個小指環，就更不會有人注意。但察覺到異樣的人都噤若寒蟬。張賀雖然一直留意著幾人，可仍然似明白又非明白，不能相信地問弟弟，「皇上他……他和雲歌是不是有點不對勁？」

張安世嘆了口氣，低聲說：「這個雲歌真是個名副其實的妖女。」

張賀義憤填膺，氣得臉色鐵青，「皇上怎麼能……怎麼可以這樣？他剛當眾賜婚，就……就把人家未過門的妻子……太羞辱人了……」

張安世肅容說：「大哥，現在坐在上面的人是君，你只是個臣，你絕對不能說任何不敬的話。否則，即使你以前救過他一千次，我們張家也會被你牽累，這件事情你千萬不要再多管閒事了。」

張賀面容隱有悲戚，「我是好管這種閒事的人嗎？孟玨是故人之子，他和皇上應該是同舟共濟的好兄弟，我答應幫許家做媒，只是想著他們兩個透過姻親也就結成親人了。」

張安世疑惑地問：「他是誰的孩子？」

張賀黯然：「我覺得是……唉！自從當年在皇上婚宴上見到他，我試探了他好幾次，他都不肯承認，只說自己姓孟。」

張安世知道哥哥的俠義心腸，可這些東西在朝堂上行不通，所以哥哥才會做了一輩子鬱鬱不得志的小官。

「大哥，有些東西不是你想的那麼簡單，即使結成了姻親，也不見得就真親近了。我不反對你替故人盡心，別的事情上，你怎麼幫孟玨都行，但朝堂上的事情，你就不要再管了。咱們張家還有一門老幼，你得為他們多想想。皇上為顯不忘舊恩，以後肯定還要給你加官晉爵，你一定要力拒。」

張賀本想著劉詢登基後，他要盡心輔助皇上，做個能名留青史的忠臣，可發現這個朝堂仍然是他看不懂的朝堂，而那個坐在上面的人也不是他想像中的劉病已。

「知道了，我就在未央宮掛個御前的閒職，仍像以前一樣，與我的『狗肉朋友』們推杯換盞，到民間打抱不平去。」

張安世心中的大石終於落下，「多謝大哥！」

張賀笑起來，拍了拍弟弟的肩膀，「是我這個沒用的兄長該謝你。打從爹死在牢中，若沒有你，張家早垮了！看看你，年紀比我小，白頭髮卻比我多。」張賀說著，聲音有些喑啞，匆匆端起酒杯一飲而盡。

張安世拍了拍哥哥的背，微笑著端起酒杯與兄長乾了一下，也一口飲盡。再多的艱難，兄長能懂就足夠了！

散席後，雲歌上了馬車，沒行多遠，就聽到一個暗沉沉的聲音，「你們都下去。」

霍府奴僕看是新姑爺，都笑起來，一邊笑著，一邊說：「小姐，奴才們先告退。」聽雲歌沒有說話，估摸著肯定不反對，遂都笑著避開。

孟玨一把抓起簾子，一股酒氣隨風而進，雲歌掩著鼻子往後退了一退。

孟玨定定地盯著她，「妳不用為了刺激我去糟蹋自己，太高看自己，也太高看我！妳在我心中還算不得什麼，我也從來不是痴情公子！」

雲歌冷嘲，「你怎麼知道是『糟蹋』呢？」一會兒後，又緩緩說：「他的眼睛和陵哥哥一模一樣，尤其是黑暗中兩人貼得近了時，看不見其他地方，只有眼睛。」她看向孟玨，微微笑著，「不，不是糟蹋！我很快樂！」

孟玨臉色煞白。他一直不相信一切會是真的，劉詢也許有意，雲歌卻絕對無情。可現在他相信了，因為雲歌追逐的是劉弗陵，而不是劉詢。

「妳瘋了嗎？他是妳的……」

「你別拿漢人那一套來說事！在匈奴和西域，子繼父妻、弟繼兄妻都很正常。何況就算是漢人，惠帝不也娶了自己的親外甥女？我和劉詢算得了什麼？」

孟玨蒼白著臉，一步步向後退去，不知道是因為醉酒、還是其他原因，他的身子搖搖晃晃，好似就要摔倒，「雲歌，妳究竟要在這條路上走多遠？」

雲歌一句話不說，只盯著他，眼中的冰冷如萬載的玄冰。

孟玨猛然轉身，一邊笑往嘴裡灌著酒，一邊踉蹌著離去，月夜下，他的身影歪歪斜斜、東偏西倒。

雲歌不堪重負，身子軟綿綿地靠在了車壁上，原來恨一個人也需要這麼多力量和勇氣！

第四十七章 人心盡處竟成荒

她臉上的痛恨厭惡如利劍，刺碎了他僅剩的祈求。
他臉色煞白，慢慢站起來，慢慢地往後退，忽地大笑起來，一邊高聲笑著，一邊轉過身子，跌跌撞撞地出了屋子。

三日後，正是吉日，宜嫁娶。

在劉詢的旨意下，霍家女和許家女同時進府。一個是大將軍霍光的義女，一個是皇后娘娘的堂妹，誰都不能怠慢。孟府的管家為了一切能周全，費了無數心思，只求能太太平平，兩邊都不得罪。

孟珏對一切出奇的冷漠，去請示他任何事情，他要麼一句「你看著辦就行了」，要麼一句「隨便」。

「是兩位夫人同時拜堂，還是分開行禮？」

「隨便。」

「公子晚上打算先在哪位夫人處安歇？按理應是大夫人，她是皇上封的正一品，不過公子若想先和二夫人圓房，老奴也可以去安排，公子的意思是……」

「你看著辦就好了。」

呃！這都能隨他安排，管家澈底明白了孟玨的無所謂。

「公子想讓兩位夫人住在哪裡？老奴看著竹軒和桂園都不錯，只是一個離公子的居處有些遠了。」

管家已經做好準備，等著「隨便」後就請示下一個問題了，不料孟玨沉默了一下說：「讓大夫人住遠點，越遠越好。」

「老奴明白了。」

大婚當日，百官同來恭賀，宦官又來宣旨賞賜了無數金銀玉器，還說皇上有可能親臨賀喜。孟府真是鮮花著錦、烈火烹油之盛。

兩頂花轎，一左一右同時到達孟府；兩段紅綢，一頭在轎中新娘子的手中，一頭握在了孟玨手中；兩個女子，要隨著他的牽引，步入孟府，拜天地高堂。

不料剛進府，大夫人腳下一個趔趄，跌倒在地，將牽引他們姻緣的喜綢掉落。一旁的丫鬟急急去扶她，她隔著蓋頭說她頭暈身軟，實難站立。

喜婆急得蹦蹦跳，再難受也該忍到拜堂禮結束，若連天地高堂都不拜，算哪門子成婚？

眾人七嘴八舌地勸雲歌忍一下，孟玨卻只是唇邊含笑，淡淡地凝視著戴著紅蓋頭的人。蓋頭下的人好像知道他的動作，微仰著頭，也在盯著他，目中有嘲笑。

兩人之間的怪異讓眾人都安靜了下來，看看這個，看看那個，卻怎麼都看不明白。

孟玨突地轉身，「送夫人去房中休息養病。」異常淡漠的聲音，似將一切的歡樂幸福都隔絕在外。兩段紅綢，只牽引著一個女子進入了喜堂，另外一截空蕩蕩地拖在地上。

眾人本在高聲笑鬧，見此，都是突地一靜。霍光愣了一愣，僕人囁嚅著解釋小姐病了，他忙代女兒向孟玨道歉，張安世在一旁巧言化解，眾人也都精乖地隨著喜樂笑鬧起來。

擾攘聲將不安隱藏，一切都成了歡天喜地的喜慶。

一路行去，大紅的燈籠、大紅的綢緞、大紅的柱子，漫天漫地都是紅色。

雲歌跟在三月身後，沉默地望著好似沒有盡頭的紅色。

三月行到竹軒前，儘量克制著怒氣說：「大夫人，您以後就住在這裡了。奴婢看夫人的樣子，應該是不用請郎中了。」

雲歌淡淡一笑，自推門而進，對尾隨在她身後的于安吩咐：「把屋裡的東西都移出去，把我從霍府帶來的東西換上。」

三月氣得立即走進屋子，抱起榻上的喜被和鴛鴦枕就向外行去，緊咬著唇才能阻止自己出言不遜。于安默默地帶著兩個霍府的陪嫁丫頭把房子裡面所有的布置都撤去。一會兒後，整個竹軒已經看不出任何洞房的氣息。

雲歌早脫去了大紅的嫁衣，穿著一件半新的衣衫，倚在窗前，靜靜望著天空。手裡拿著一管玉簫，也不見她吹奏，只手一遍遍無意地輕撫著。

于安看到她手中的玉簫，無聲地長嘆了口氣，勸道：「小姐，鬧了一天，人也該累了，若沒有事情，不如早點歇息吧！」

雲歌微笑著說：「你先去睡吧！我一個人再待會兒。」

因為孟府的人並不知道于安曾是宮內宦官，以為他是個男子，不方便讓他與女眷同住，所以另給他安排了住處。于安默默地退下，走遠了，忍不住地回頭看。

窗前眺望天空的身影，十分熟悉。這樣固執的姿勢，這樣冷清的孤單，他曾在未央宮中看過無數次，看了將近十年，可當年的人至少還有一個期盼。

竹軒之內，安靜昏暗，顯得一彎月牙清輝晶瑩。

竹軒之外，燈火輝煌，人影喧鬧，月牙如一截被指甲掐出的白蠟，看不出任何光華。

劉詢身著便服，親自來給孟玨道喜，喜宴越發熱鬧。

眾人都來給他請安，又給他敬酒，他笑著推拒：「今日的主角是新郎官，朕是來湊熱鬧的。」說著倒了酒，敬給孟玨。

他小指上的那個翡翠耳環，碧綠欲滴地刺入了孟玨眼中。

孟玨微笑著接過酒，一口飲盡。

眾人拍掌笑起來，也都來給孟玨敬酒，湊皇上的樂子。劉詢笑陪著臣子們坐了會兒，起身離去，眾人要送，他道：「你們喝你們的酒，孟愛卿送朕就可以了。」

孟珏陪著劉詢出來，周圍的宦官都知趣地只遠遠跟著。

劉詢笑道：「朕成婚的景象好像就在昨日，仔細一想，卻已是多年前的事情了，當日你送了份重禮，朕不好意思收，雲歌還笑說，等到你成婚時，朕也給你送份重禮就可以了，平君為了這事，擔心了很久，生怕到你成婚日，朕拿不出像樣的東西來。」

孟珏彎著身子行禮，「皇上賞賜的東西早已是臣的千倍、萬倍，臣謝皇上隆恩。」

劉詢握著孟珏的手，將他扶起，「雲歌性子彆扭處，你多多包涵。」

他指上的翡翠指環冰寒刺骨，涼意直透到了心底。孟珏如被蛇咬，猛地縮回了手，又忙以作揖行禮掩飾過去，笑道：「她是臣的妻子，臣自會好好照顧她。」

劉詢笑著，神色似譏嘲似為難，好一會兒後，才說道：「反正看在朕的面子上，她不想做的事情，你不要逼她。就送到這裡，你回去吧！」

孟珏微笑著返回宴席。

眾人看他與皇上並肩同行、把臂談心，聖眷可謂隆極全朝，都笑著恭喜他。

孟珏笑著與所有人飲酒。他的酒量不差，可敬酒的人實在多，他又來者不拒、逢杯必盡。別人是越醉、話越多，他卻是越醉、話越少，只一直微笑著。到最後，不管誰上來，還不等人家說話，他就笑著接過酒一飲而盡。其實他早醉得神志不清，可他的樣子，眾人看不出任何醉態，所以仍一個個地來灌他。

自皇上來，張賀一直留心著孟珏，慢慢察覺出異樣，不覺心酸。這孩子竟然連醉酒都充滿了戒備提防、絲毫不敢放鬆，這十幾年他究竟過的是什麼日子？

又有一個人來敬酒，張賀從孟玨手中拿過酒杯，代他飲盡，笑道：「新娘子該在洞房裡面等生氣了，諸位就放過我們的新郎官，讓人家去陪新娘子吧！」

眾人都哈哈大笑起來，張安世一面笑著，一面向孟玨告辭。眾人見狀，也都陸陸續續的來告辭。等眾人都散了，張賀拍了拍孟玨的肩膀，想說話卻又說不出來，只長嘆了口氣，轉身去了。

三月跟在孟玨身邊多年，卻是第一次見他喝醉，偷偷對八月說：「公子喝醉酒的樣子倒是挺好的，不說話也不鬧，就是微笑，只是看久了，覺得怪寒人的。」

八月對這個師姐只有無奈，說道：「趕緊扶公子回去歇息吧！」

管家在一邊小聲說：「夫人們的蓋頭還沒挑呢！蓋頭不挑，新娘子就不能休息，總不能讓兩位夫人枯坐一夜。」

三月知道管家的話十分有理，霍大小姐自然不會等公子挑了蓋頭才去休息，可許家的小姐卻會一直等著的，只得吩咐廚房先做碗醒酒湯來，服侍孟玨喝完湯，攙扶著他向桂園行去。

守在屋子裡的婆婦、丫頭看見孟玨都喜笑顏開，行了禮後，喜孜孜地退了下去。

三月把喜秤放到孟玨手中，「公子，你要用這個把蓋頭挑掉。」

模模糊糊的紅燭影，一個身著嫁衣的人兒，綽約不清。

暈暈乎乎中，孟玨忽然覺得心怦怦直跳，似乎這一刻他已經等了許久、久得像是一生一世，久得他都要以為永不可能再等到。

他用力握住喜秤，顫巍巍地伸過去，就在即將挑開蓋頭的剎那，卻突然有了莫名的恐懼，想要縮回去。

三月見狀，忙握著孟玨的胳膊，幫他挑開了蓋頭。

一張含羞帶怯的嬌顏，露在了燭光下。

不是她！不是她！

孟玨猛地後退了幾步，她……她在哪裡？錯了！都錯了！不該是這樣的！

三月要拽沒拽住，他已經踉踉蹌蹌地跑出了屋子。

「公子！公子！」

三月在後面叫，可孟玨只是猛跑。三月惱得對八月說：「早知道就不該做醒酒湯！現在半醉半醒地不知道又惦記起什麼來了。」

竹軒的丫頭打聽到孟玨已醉糊塗，想著不可能再過來，此時正要關院門、落鎖，卻看姑爺行來，忙笑著迎上前向他請安。孟玨一把推開了她們，又叫又嚷，「雲歌，雲歌，我……我有很多……很多……很多的話和妳說。」

孟玨神情迷亂急躁，好似一個丟了東西的人，正固執地要找回來。

丫頭們猶豫著不知道該怎麼辦，三月假笑著說：「兩位妹妹迴避一下了，公子有話想和雲姑娘……霍小姐……哦！夫人私下說。」

雲歌已經躺下，聽到響動，揚聲說：「妳們隨弄影去吃點夜宵。」一邊說著一邊披了衣服起來，衣服還沒有完全穿好，孟玨已經推門而進。

綠色的流雲羅帳內，那人正半挑了羅帳，冷聲問：「你要說什麼？」挽著羅帳的皓腕上，一個翡翠玉鐲子隨著她的動作簌簌顫動。

燭光映照下，碧綠欲滴，孟珏只覺刺得眼痛，那些心中藏了多年的話被疼痛與憤怒扯得剎那間全碎了。

他笑起來，一面向她走去，一面說：「洞房花燭夜，妳說……妳說我要說什麼？」

雲歌聞到他身上的酒氣，皺著眉頭躲了躲，「你哪裡來的這麼大怒氣？又不是我逼著你娶我的。」

孟珏笑握住了她的手腕，「我也沒有逼著妳嫁我，不過妳既然嫁了，妻子該做的事情一件都不能少。」手腕被他捏得疼痛難忍，又看他神情與往日不同，雲歌緊張起來，「孟珏！你不要耍酒瘋！」

他笑著把雲歌搭在身上的衣服抓起，丟到了地上，「妳瘋了，我也瘋了，這才正好。」說著話，就想把雲歌拉進懷裡。

雲歌連踢帶打地推孟珏，孟珏卻一定要抱她。兩個人都忘了武功招式，如孩子打架一樣，開始用蠻力，在榻上廝打成一團。

雲歌只穿著單衣，糾纏扯打中，漸漸鬆散。

鼻端縈繞著她的體香，肌膚相觸的是她的溫暖，孟珏的呼吸漸漸沉重，開始分不清楚，自己究竟是憤怒還是渴望。

雲歌很快就感覺到了他的身體變化，斥道：「你無恥！」

話語入耳，孟珏眼前的綠色忽地炸開，讓他什麼都聽不到，「我無恥？妳呢？」一把扯住雲歌的衣袖，硬生生地將半截衣服撕了下來。

近乎半生的守候，結果只是讓她越走越遠。

明知道她是因為恨他，所以嫁他，可他不在乎，只要她肯嫁，他就會用最誠摯的心去迎娶她。可她寧願對劉詢投懷送抱，都不肯……

「嗤」的一聲響，雲歌身上的小褻衣被他撕破，入目的景象，讓已經瘋狂的他不能置信地呆住，滿胸的怒火立即煙消雲散。

原本該如白玉一般無瑕的背，卻全是縱橫交錯的鞭痕。

雲歌一面哭著，一面掙扎著想爬開，那些鞭痕如一條條醜陋的蟲子在她背上扭動。

孟玨伸手去摸。鞭痕已經有些日子，如果剛受傷時，能好好護理，也許不會留下疤痕。可現在，再好的藥都不可能消除這些醜陋的鞭痕，她將終身背負著它們。

「誰做的？」

雲歌只是哭著往榻裡縮，手胡亂地抓著東西，似乎在尋求著保護，無意間碰到被子，她立即將被子拽到身前，如堡壘一般擋在了她和孟玨之間。

「誰做的？」

雲歌一口氣未喘過來而引發舊疾，劇烈地咳嗽起來，咳得臉通紅，緊拽著被子的指頭卻漸漸發白。

孟玨伸手想幫她順氣，她駭得拚命往牆角縮，咳得越發厲害，他立即縮回了手。

他呆呆地看著她。

隨著咳嗽，她的身子簌簌直顫，背上醜陋的鞭痕似在猙獰地嘲笑著他，究竟是誰讓那個不染纖塵的精靈變成了今日的傷痕累累？

「雲歌！」孟珏低下身子，俯在榻前，一種近乎跪的姿態，「原諒我！」

他的聲音有痛苦，更有祈求。如果可以，他願意用一切換取一次重新開始的機會。

「滾……滾出去！」

她臉上的痛恨厭惡如利劍，刺碎了他僅剩的祈求。

他臉色煞白，慢慢站起來，慢慢地往後退，忽地大笑起來，一邊高聲笑著，一邊轉過身子，跌跌撞撞地出了屋子。

劉詢從太傅府出來後，唇邊一直蘊著笑意，可眉宇間卻藏著說不清道不明的落寞。

何小七正想吩咐車儀回宮，劉詢揮了揮手，「朕現在不想回去。」

何小七忙問：「皇上想去哪裡？」

劉詢呆了一呆，忽地振奮起來，笑道：「找黑子他們喝酒去。」

何小七笑著說：「那幫傢伙肯定正喝得高呢！」

「他們在哪裡？」

「皇上不是說讓他們在軍隊裡面歷練歷練嗎？估計都在上林苑呢！」

劉詢這才真正高興起來，命車儀先回去，和何小七騎著馬去上林苑尋訪舊日兄弟。

何小七看他心情好，湊著他的興頭說：「皇上，臣有個不情之請。」

「扭捏什麼呢？說！」

「皇上知道黑子他們了！三杯黃酒下去，連自己姓什麼都忘了。他們聚在一起，肯定免不了……」小七做了個扔骰子、吹牌九的動作。

劉詢想起舊日時光，笑著搖頭，「我知道你的意思了。軍營不許聚眾賭博，你是要我放他們一馬。」

小七聽他無意中已經從「朕」換成了「我」，心裡輕鬆下來，嘿嘿笑著點頭，「其實臣的手也很癢，感覺這賺來的錢花起來總不如贏來的暢快，花贏的錢總覺得是花別人的，花得越多心裡越美！」

劉詢大笑起來：「我待會兒教你幾招，保你把他們的褲子都贏過來。」

何小七喜得差點要在馬上翻跟頭，「多謝大哥，多謝大哥！」

憑著何小七的腰牌，兩人順利地進入上林苑，一邊打聽一邊尋，費了點工夫才尋到躲在山坡上喝酒吃肉的一群人。如何小七所料，黑子他們確實在賭博，但賭的是鬥蟋蟀，看黑子紅光滿面的樣子，想是在贏錢。

劉詢看著一幫人圍著兩隻小畜生大呼小叫、摩拳擦掌、怒眉瞪眼，只覺得親切，不禁笑停了腳步，「等他們鬥完這一場，我們再去『拿人』。」

何小七呵呵笑著點頭，陪皇上站在樹影中，靜看著兄弟們玩樂。

一局結束，黑子一方輸了，惱得黑子大罵選蟋蟀的兄弟，贏了錢的人一面往懷裡收錢，一面笑道：「黑子哥，不就點錢嗎？你如今可是『財主』，別這麼寒酸氣！大家都知道你們是皇上的舊日兄弟，這會兒輸掉的錢，皇上回頭隨意賞你點，就全回來了。」

黑子端了碗酒灌了幾口，「財主你個頭！我大哥的錢還要留著給……民……民……蒼……」實在想不起來小七的原話，只能瞪著眼嚷：「反正是要給窮苦人的，讓大家都過好日子。」

劉詢笑瞟了眼何小七，「看來你私下裡說了不少話。」

何小七忙低下頭，「臣就是盡力讓兄弟們明白一點皇上的大志。」

劉詢正要走出去，忽聽到那幫人嚷嚷著要黑子給他們講講皇上。黑子向來是就算沒人問，都喜歡吹噓大哥有多厲害，何況有人問呢？立即一手端酒，一手揮舞著講起來。劉詢停了腳步，做了個手勢，命何小七止步。

「……就說鬥蟋蟀吧！若俺大哥在，娘的，還有你們贏錢的機會？大哥做了侯爺後，仍對俺們兄弟好得沒話說，俺們兄弟幫他看侯府時，別提多神氣了！以前那幫趾高氣揚的官老爺見著俺們兄弟都要低頭哈腰地求俺們代為通傳，俺大哥索性鎖了門，不肯見他們！大哥對那幫子官爺很牛氣，可他對一般人還是笑咪咪的，從來不擺架子，哪家鄉里人有了著急事來求大哥，大哥都很盡心替他們辦事。陳老頭子丟了牛，都哭到侯府來，大哥立即派侍衛去幫他尋。俺看不慣陳老頭沒種的樣子，發了幾句牢騷，大哥還罵了俺一通，說……說『牛就是一家人的衣食，沒有了牛，地不能耕種，人怎麼活？』……」

黑子碗中的酒沒了，一旁的人立即倒滿，「黑子哥在侯府做事的時候，定見了不少世面。」

黑子滿意地喝了兩口，繼續唾沫橫飛的講述：「……什麼王爺、將軍，俺都全見了……什麼怪人都有！有一次，幾個黑衣人深夜突地飛進侯府，說要見大哥……還有一次，一個書生竟然提著個燈籠來見大哥，俺們不理他，他還大咧咧地說『我不是來……來添花，是雪……雪……炭……』」黑子猛地一拍大腿，「『雪裡送炭』！對！就這句，俺看這小子怪得很，就去告訴大哥……」

劉詢聽著前面的話時，一直面容含著微笑，越往後，臉色漸漸地陰沉。何小七聽到後來，已經嚇得臉色發白，最後不顧劉詢先前的命令，突地從樹叢中走出，笑著說：「黑子哥，你兩碗馬尿一灌，就滿嘴胡話了。人家朱公子明明是來找皇上去雪夜尋梅的，你他娘的侯府住了那麼久，還一點風雅都不懂！真是爛泥扶不上牆！」

黑子不服地跳了起來，擄起袖子，就想揍何小七，「俺看你是真出息了！娘的，拖著兩管鼻涕，跟在老子屁股後面，一口一個『哥』，問老子要吃要喝的時候，怎麼不罵老子是爛泥？別以為你學了幾個字，就能到老子面前充老爺……」

幾個兄弟忙攔住了黑子。其他人知道他們都是皇上的故人，誰都不敢幫，趕緊找了個藉口散了。

黑子仍指著何小七大罵，其他兄弟雖然拉住了黑子，卻一聲不吭地任由黑子罵著小七。何小七本是他們這一幫兄弟中輩分最小的一個，可自從劉詢當了侯爺，似乎格外中意小七，常常帶著他出出進進。何小七竟然在不知不覺中變成了最大的一個，什麼事情都要管，什麼事情都要叮囑，甚至他們叫劉詢一聲「大哥」都要被何小七嘮叨半天。一幫兄弟早就有些看不慣小七，此時黑子剛好罵到了他們心坎上，所以一個個都不說話，只沉默的聽著。

何小七低著頭，任由黑子罵了個夠後，寒著臉說：「軍營不許聚眾賭博，各位兄長都記住了，這是最後一次，下次若再聚眾，小七即使有心回護，可軍法無情！」

黑子氣得又想衝上來，小七轉身就走，直到走下了山坡，身後的罵聲仍隱隱可聞。

山下繫在樹上的兩匹馬，只剩了一匹，看來皇上已走。

小七翻身上馬，想著劉詢剛才的臉色，心裡一陣陣的寒意。李遠是匈奴王子，若讓人知道漢朝皇帝竟然要匈奴王子「雪中送炭」，又是當時那麼微妙的時刻，像霍光、張安世、孟珏這般的聰明人只要知道一點，就肯定能聯繫到後來匈奴出兵關中，甚至烏孫浩劫。還有皇上暗中訓練軍隊的事情……小七打了個寒戰，這些事情是應該永埋地下的。

小七一夜沒睡，腦子裡面想了無數東西，卻沒有一個真正的主意。

第二日，等到散朝後，就進宮去見皇上，可究竟見了皇上，該說些什麼，他卻一片茫然。

七喜看到他笑起來：「大人真是明白皇上的心思，皇上剛命奴才召大人和孟太傅覲見，大人竟就來了。」

小七抬頭看著清涼殿的殿門，像一個大張著的怪獸口，似乎隨時準備著吞噬一切。他的心漸漸沉了下去。

七喜看何小七盯著清涼殿發呆，叫道：「大人？」

何小七身子彎了下來，謙卑地說：「麻煩總管領路了。」

七喜知他和皇上情分不一般，自不敢倨傲，忙客氣地說：「不敢，不敢！大人請這邊走。」走到殿門口，七喜就停了步子，躬著身子，輕輕退開。

何小七提步入內，殿內幽靜涼爽，只劉詢一個人在，他的面色看著發暗，精神疲倦，好似也一夜未睡。

何小七跪在了劉詢身前，「皇上萬歲。」

劉詢默默看了他許久，「朕要吩咐你去辦一件事情，你可以拒絕。」

「是。」

劉詢靠在檀木鑲金的龍榻上，一隻胳膊隨意地搭在扶手上，手握著仰天欲飛的雕龍頭，「找個遠離長安的地方，將黑子他們厚葬了。」

何小七的呼吸好似停滯，又似在大喘著氣，他要用盡全身力氣，才能讓自己發出聲音：「臣遵旨。」

殿內幽暗的光影中，只有兩個人沉重的呼吸聲。

七喜的聲音突然響起，如寒鴉夜啼，颳得人遍體涼意，「皇上，孟太傅到了。」

何小七想告退，劉詢卻命他留下，揚聲對外吩咐：「宣他進來。」

孟玨掃了眼跪在地上的何小七，向劉詢磕頭行禮，劉詢指了指龍座不遠處的坐榻，示意他坐下。孟玨的臉色也很不好看，眉目中全是倦意，神情冷淡，沒有了往常的笑意，人顯得幾分清冷。

劉詢打量了他一眼，微笑著說：「朕有件事情交給愛卿辦。朕曾派手下的人去請雲歌，手下人一時失手將抹茶給殺了。雲歌前幾日在未央宮瞧到了一個人，以她的性子，肯定會繼續追查下去。愛卿既然一直未將這些事情告訴她，一定是不想雲歌和朕正面衝突，朕就將這些手下人交給愛卿了。」

孟玨作了個揖，淡淡說：「臣遵旨。」

劉詢笑指了指何小七，「小七也要幫朕料理一件事情，你們就彼此做個幫手，將事情替朕辦妥了。小七，孟愛卿是朕的肱股大臣，你跟著他，要好好多學點。」

何小七心中暗藏的最後一點希望破滅了。皇上也許只是謹慎，也許早已經料到他會耍花招，所以將一切的生路全部堵死。他一句話都說不出來，只是喘著粗氣，重重磕頭。

劉詢直視著前方，面無表情地說：「你們都下去吧！」

孟玨和何小七剛出殿堂，劉詢握著的檀木龍頭突地碎裂，斷裂的檀木刺入他的手掌，劉詢卻一無反應，只紋絲不動地凝視著前方。鮮血順著凹凸起伏的雕刻龍紋，滴在了龍座上，鮮亮的殷紅在幽暗的大殿內異樣的明媚。

何小七先代劉詢吩咐黑子他們偷偷出長安，趕去秦嶺翠華山殺了霍光派去行刺皇上的人，黑子他們一聽大哥會有危險，自然叫齊兄弟，喬裝打扮，掩匿行蹤，悄悄溜出長安，趕去幫助大哥。

等著他們離開後，何小七再暗傳劉詢旨意，將所有牽涉在捉拿雲歌、殺先帝御前侍女和宦官的官兵調到了翠華山，命他們追殺一群亂賊，一個活口都不能留。

一切安排妥當後，何小七匆匆去找孟玨，向正靠著車椽閉目休息的人稟奏：「孟大人，下官已經一切按照您的吩咐，將兩方人馬誘向翠華山，現在該怎麼辦？」

孟玨挑起了車簾，進馬車內坐好，又閉上了眼睛，似乎十分疲憊，「馬車到了翠華山，再叫醒我。」

何小七呆呆立了會兒，跳上馬車，做起了臨時馬夫，打馬向秦嶺翠華山趕去。

面對劉詢親手訓練、意欲對抗羽林營的軍隊，黑子哥他們的結局不言而喻。

何小七已經做好一切準備去面對死亡，可當他站在山嶺上，看著谷中凌亂不堪的屍首、支離破碎的肢體，他忽地發現自己根本沒有想像中的堅強。他顧不上去想孟玨就在身邊，也許會向皇上回稟自己的反應，就跪在地上痛哭起來，一面哭著，一面將肚內吃過的東西都嘔了出來。

何小七自小就是孤兒，東討半碗湯、西討半碗飯地活著。很多時候，都是兄長們硬從口裡給他省的食物。寒夜裡擠在一起取暖，偷了有錢人的看門狗躲起來燉狗肉吃，一塊去偷看姑娘洗澡……

孟玨負手立在一旁，靜看著一切，等他哭了一會兒後，淡淡說：「哭夠了就去清點人數，回頭皇上問時好回話。」

何小七霍然抬頭，滿眼恨意地盯著孟玨。即使要殺死他們，為什麼非要選擇這種方式？為什麼不能用一種溫和的方式？為什麼要讓他們如此痛苦地死去？

孟玨毫不在意地微笑著，將一包藥粉丟到他面前，「這是一包迷藥，兌入酒中，可以讓人全身無力，神志卻依然清醒。」說完，揮了揮衣袖，自下山去了，好似一切的事情，他都已經辦完。

陳鍵順利完成皇上的命令後，按照何小七的吩咐，退避到山林中等待下一步的指示。

等了兩個多時辰，太陽已經快要落山，仍然沒有人來。眾人嗓子渴得冒煙，肚子餓得咕咕亂叫，不遠處就有山泉和野兔，可他們從接受訓練的第一天起，就最強調軍紀，所以沒有命令，無一個人亂動，都屏息靜氣地站得筆挺。

一陣酒肉的香氣傳來，何小七趕著輛牛車出現，「這是皇上犒勞大家的酒菜，回頭等大家成為皇上的近衛，各位都會有各自的官爵，先吃些東西，然後等夜黑了，悄悄返回營地。」

陳鍵命所有人就地休息，取用酒肉。

何小七先給他敬了一碗酒，笑著囑咐他將來封了將軍，可別忘了小七。陳鍵出身江湖草莽，不善這些官場上的言辭，只笑著把酒飲盡。何小七看他喝了，又端著酒碗，去敬其他人。一炷香後，整個山林中已經沒有任何人語聲和笑聲，只地上橫七豎八地躺著幾十個黑衣人。

何小七打量了四周一圈，打了幾聲呼哨，十幾個人奔進了樹林，躬身聽命。

「就地掘坑，將這些人都埋了。」

「是！」

等他們掘好深坑，拖著屍首要埋時，忽地發覺觸手溫暖，手中拖著的人竟然還是活的，甚至有些醉得淺的正驚恐地睜著眼睛，看著他們。一個個駭得呆立在地上，何小七冷冷地哼了一聲，眾人才又硬著頭皮繼續。

鐵鍬蓋土的聲音，聽來如同刀刃刮在骨頭上，不知道身在土下的人，清醒地聽著塵土落在自己身上是何感受？別的人已經哆嗦得不成樣子，何小七卻覺得自己的仇恨和痛苦稍微淡了幾分。何小七突然想也許孟珏殘忍地設計殺死黑子他們，原因只是為了逼迫自己更殘忍地殺死這幫人。

何小七看手下人將所有黑衣人都埋好了，又吩咐，「移植些草木來種上。」

等看著眼前的墳場變成了鬱鬱蔥蔥的林木，他才笑著說：「天快亮了，你們都回去休息吧！今夜的事情能忘得多乾淨就多乾淨，否則……」

眾人立即跪下，指天發誓。

小七揮了揮手，讓他們離開。他面對著林木，坐到了地上，在靜謐的夜色中，像是要聽清楚地下的一切動靜，又像是在思考天亮後該做什麼。

東邊的天剛透了魚肚白，孟府的馬車就已經備好，等著送孟珏入宮上朝。孟珏剛出府邸，何小七不知道從哪裡轉了出來，作揖說：「不知道下官可否搭孟大人的車一程？」

孟珏仍是倦意深重的樣子，只點點頭，就上了馬車。

何小七坐在下首，看孟珏閉著眼睛，歪靠在車上，完全沒有說話的意思，他笑道：「下官將傷害過尊夫人的人都活埋了，想來孟大人應該還滿意這種懲戒。」

孟珏唇角抿出了絲笑，「既然沒有勇氣拒絕皇上，就不要再像隻野貓一樣東抓西撓了，又沒有人責怪你。」

何小七強撐的鎮靜立即被孟珏的話擊碎，挺直的身子好似突然萎縮了一半，他惡狠狠地說：「大人就不想想將來嗎？不覺得自己知道的太多了嗎？」

孟珏睜開眼睛，笑看著何小七。他的視線看著溫和，可何小七竟不敢直視，急急扭頭躲避著孟珏，隱藏在心內的無助恐慌全都表露在了臉上。

孟珏又閉上了眼睛，「不得不倚重的東西，即使用著刺手一點，也不會扔。」

何小七琢磨著孟珏的話，臉色越來越難看。如果再有十年時間，也許他可以成為霍光、孟珏這樣的人，可他能不能再活一年都是個問題。

孟珏沒有再理會他，自閉目養神。

馬車快要到未央宮時，何小七突地問：「為什麼皇上不把這些事情交給張賀、雋不疑這些人做？為什麼非要讓我去做？」

孟珏沒有理他，他自問自答地說：「因為他們是君子，所以皇上也要在他們面前做君子，賢君良臣才可以記入史冊，做天下表率、供後世瞻仰。我這一生已經永遠不可能成為張大人和雋大人那樣的人了，我只能躲在黑暗中，替皇上做皇上永不想任何人知道的事情。」他臉色蒼白，語聲中有著看清自己命運的絕望。

馬車緩緩停住，孟玨下了馬車，何小七仍呆呆地坐在馬車內。

散朝後，孟玨還要給太子授課，等上完課，已快到晚膳時分。從石渠閣出來時，看幾個宦官面色怪異地在交頭接耳，看到他，又立即住了口。恰好富裕來接太子，孟玨叫住了他，「宮裡發生了什麼事嗎？」

富裕也是面色怪異，看左右無人，壓著聲音說：「奴才也是來的路上剛剛聽聞。御前要多個掌事宦官了，就是何小七何大人。不知道怎麼回事，他硬要淨身入宮侍奉皇上，如果皇上不答應，他情願立即撞死，皇上怎麼勸都沒用，就只得准了。何大人一入宮，就僅次於七喜總管，所以宮裡的宦官議論紛紛，都是又嫉妒又不解，弄不明白怎麼有人放著好好的仕途不走，非要做斷子絕孫的宦官。」

孟玨淡淡地笑著，何小七倒是沒令他失望，竟從死局中想出了這唯一的生路。

孟玨回到府邸後，三月迎上來問什麼時候用晚飯，孟玨隨口說，已經餓了，換下官服就去用飯。三月開始細聲細氣地說著成親晚上孟玨的荒唐行徑，「……公子把人家的蓋頭剛挑開，就跑掉了，弄得好像人家姑娘相貌醜陋，嚇著了公子一樣，許姑娘難過傷心得不行，昨天哭了一整天，今天還在哭，我看著實在可憐，就讓她做幾道菜，晚上和公子一起用飯，她才不掉眼淚了。公子，我看二夫人是個挺好的人，不管怎麼說，你都該給人家賠個罪、道個歉。」

孟玨一言不發，三月小聲說：「就是去吃頓飯而已，好歹將來要在一個府邸裡生活，總得見個正臉吧！公子只怕連人家長什麼樣子還沒看清，不怕在府裡見了都不認識嗎？」

「去桂園。」

三月心裡歡呼一聲，樂顛顛地跟在孟玨身後往桂園行去，桂園裡的丫鬟婆婦都歡天喜地的迎了出來，許香蘭低著頭給孟玨行禮，孟玨客氣地讓她起來。許香蘭偷偷掃了眼孟玨，果如姐妹傳言，一位玉琢般的公子，心如鹿跳、又喜又憂，不知不覺中臉就全紅了。

雖然只兩人用飯，許香蘭卻做了十來道菜，擺了滿滿一案。三月隨口讚了聲，夫人能幹，許香蘭的婢女蕙兒就笑著說：「夫人出嫁前，老爺專門請了師傅教夫人做菜，這幾道菜都是我家小姐的拿手菜。老爺嚐過小姐所做的菜後，都說哪家公子娶到我家小姐，可是有福氣呢！」

三月聽出來蕙兒的話另有所指，尷尬地笑著牽住她的手，向孟玨和許香蘭告退。

孟玨一聲不吭地吃著飯，許香蘭也不好意思說話，兩人相對沉默地用完了飯，許香蘭心內忐忑，食不知味，不知道孟玨可滿意她的手藝。待丫頭撤下所有飯菜，端上烹好的茶時，許香蘭鼓足勇氣，期期艾艾地問：「夫君，飯菜味道還合口嗎？如果不好……」

孟玨微笑著說：「十分合口。」

許香蘭不知道再說什麼，沉默地坐著。孟玨回來得本就晚，一頓飯用完，屋外早已黑透，她隱隱約約地盼望著他能留下來，腦子裡面迴響著婆婆們教導的話，那些取悅夫君的方法一個個從心頭掠過，卻似乎沒有一個能用到眼前的這個人身上，他的微笑太過完美，好像世間沒有什麼能令他動容。

突然，屋子外面響起了一縷樂聲，許香蘭不禁凝神去聽。自堂姐成為皇后，族裡就請了先生來教她們一幫姐妹彈琴，雖然還未全學會，但有些名氣的曲子，她也都知道。這首應該是《詩經》中的《采薇》，先生曾彈給她們聽過，還說過這是哀音，唯經歷世情的人才會奏，可她在先生的琴音中沒聽出什麼哀傷，這一次卻真正體會出了先生所講授的「物非人非」的沉重悲哀。是誰如此悲傷，竟在深夜奏此哀音？

昔我往矣，楊柳依依。
今我來思，雨雪霏霏。
行道遲遲，載渴載饑。
我心傷悲，莫知我哀。

孟珏臉上的笑容突地消失了，他身子僵硬地坐著，似乎在掙扎，最終他放下茶盅，就向外走去。許香蘭忙站了起來，慌亂不解地叫：「夫君……」

孟珏卻好像什麼都沒聽到，只腳步匆匆地向外奔去，許香蘭跟在他身後追，追出桂園，只看月光下，一個烏髮直垂的綠衣女子坐在桂花樹上，握簫而奏，聽到腳步聲，她回頭一瞥，輕笑間，一個旋身飛起，就消失在了桂花林中。眼前的情景太過詭異，許香蘭以為自己撞到了花神狐怪。

孟珏卻衝到了桂花林前，叫道：「雲歌，妳究竟想怎麼樣？」

蘊著笑意的聲音從桂林深處傳來，飄渺不定，好似人還在枝椏間跳來跳去，「不怎麼樣，你若想晚上留在這裡，我就在這裡吹《采薇》，孟公子臉皮雖厚，手段雖卑劣，行事雖無恥，畢竟還是個講究風流情調的倜儻公子，想必沒有辦法在此樂聲中擁佳人入懷。」

她的語聲嬌俏、還含著笑意，話語的內容卻尖酸刻薄，許香蘭怔怔地想著，這是什麼人？怎麼敢在孟玨面前如此放肆？雲歌——雲歌？啊！是她！

孟玨跑進了桂林，許香蘭忙追上去，可孟玨的身影很快就消失在桂花林中，她根本連他去往哪個方向都沒有看清楚。

雲歌從樹上躍下，一抬頭卻發現孟玨就立在她面前。她握著簫，謹慎地後退了幾步，眼中全是戒備，似乎怕他暴怒中會做什麼。

孟玨眼中有哀慟，當日長安城月下奏曲時，絕沒想到，他親手教她的《采薇》，她會這般回敬給他。

「雲歌，妳不必如此。」

雲歌微笑，「我會天天如此！許姑娘是個好人，你還是趁早放她另覓良人，你以為你做過那些事情後，此生還能妻賢子孝嗎？休想！」

孟玨的長衫在風中輕動，他舉手對月，一字字地起誓，「今生今世，若霍雲歌無子無女，我孟玨也就斷子絕孫！若違此諾，生生世世永墜泥囉耶。」

雲歌呆住，孟玨竟發這麼毒的誓。在西域傳說中，泥囉耶是惡鬼聚集地，人的靈魂若到此地，就永無喜樂安寧。

孟玨反笑起來，「回去休息吧！不要再鬧來鬧去了，我去和許姑娘道個歉，也回去休息了。」

雲歌狐疑地盯著他，孟玨走了幾步，忽想起一事，回身說道：「雲歌，不要再去追究當日殺了抹茶的人。」

「憑什麼？」

「因為人已經被我殺了。」

雲歌有如釋重負，也有惱火，「誰讓你多事？」

「我殺他，有我自己的原因，妳的問題只是順道。」

「什麼原因？」

孟玨微笑，「妳有什麼不信的？無恥如我，會那麼好的幫妳去報仇？」

雲歌不吭聲，只是盯著他。孟玨想了想解釋道：「他的死是一個潛伏的矛盾，也許將來會讓朝堂中的兩大陣營芥蒂深重、彼此仇視。」

雲歌搖了搖頭，飄然而去，「連一個人的死亡都能是你的棋子！」

孟玨淡淡地笑著，死亡的確是棋子，只不過不是一個人。

第四十八章 願以此身，受妳之痛

一般人受杖刑，總免不了吃痛呼叫，或看向別處轉移注意力。可孟玨竟神情坦然自若，微閉著眼睛，如同品茶一般，靜靜感受著每一下的疼痛。

劉奭漸大，男孩淘氣調皮的本事也漸增，椒房殿被他鬧得雞飛狗跳。

他讓宮女們兜起毯子做榻，一人提著一頭，搖啊搖，睡在上面果然很舒服，他歡喜地「咯咯」笑。

他在鸚鵡的腳上繫了一根繩子，看鸚鵡搧動著翅膀衝向藍天，突然，他用力一拽繩子，鸚鵡尖叫著掉下來。看著鸚鵡飛上去，掉下來，他「哈哈」大笑起來。

他開始留意哪些宮女長得好看，哪些長得不好看，他只要長得好看的服侍他，因為他只喜歡一切美麗的東西，這樣他也才會變得美麗。

劉奭的舉動落在許平君眼裡，不過是一個淘氣男孩的胡鬧而已，鄉野裡面哪家男孩子沒有掏過鳥窩玩過雛鳥呢？不喜歡睡榻、喜歡被宮女兜著毯子搖著睡，雖讓人頭疼，但也不是什麼大不了的事情。

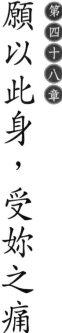

可劉奭的行為落在那些飽讀詩書的朝臣眼裡，卻漸漸引起了恐慌。

根據史書記載，商紂王小時就喜歡被宮女兜著睡覺；喜歡美麗宮女，討厭容貌醜陋者；喜歡虐殺動物……

人說「三歲看老」，劉奭的行為讓很多朝臣恐懼擔憂。大漢天下要交付給這樣的一個人嗎？若他們現在不聞不問，將來有一日他們會不會變成被掏心的比干？

當劉詢察覺時，朝堂內的恐懼擔憂已經成了一場軒然大波。

十幾個官員上書請求劉詢慎重考慮太子的事情，其中還包括劉詢倚重信賴的雋不疑。這些官員勸奏說，雖然一向的規矩是立嫡長子，可若有賢者，史上也不乏越長立幼的事情，皇上春秋鼎盛，將來定會子孫繁多，不必這麼早就將太子定下。

面對這幫大臣，劉詢充滿了無可奈何。這些大臣全非玩弄權術的人，他們也許古板僵化，卻是真正信奉皇權、忠於漢室的臣子；他們不見得是最好的棟梁之才，卻是漢家朝堂穩定的基石。對於權臣、弄臣、奸臣、佞臣，可以用權術計謀，甚至威嚇化解，可面對這些大臣，他想不出來任何化解的方法。置之不理？只是一時之策。這些人的古板固執絕不會讓他置之不理，何況還有個霍光；懲罰？會寒了忠臣的心；可不懲罰，難道准奏嗎？

在十幾封奏摺前，霍光的人也開始陸續上奏摺，如果他再不及時處理，到最後也許會變成不得不准奏了。

雋不疑第二次上書，論述「賢者唯用」。劉詢看著侃侃而談的他，心裡煩悶無比，面上還要做出洗耳恭聽的樣子，只希望能再拖一拖。可霍光顯然不打算再給他拖延的時間，大司農田廣明跪下附和雋不疑的奏疏。田廣明曾力勸霍光和諸位大臣廢除劉賀那個昏君，選立他這個明君，是被他嘉獎過的「有功之臣」，以「能識人賢庸」聞名朝野，沒想到這麼快，這個他御口嘉獎過的「賢臣」就又來識人「賢庸」了。

別的大臣也開始陸陸續續下跪，懇請他慎重考慮冊立太子的事情。

他看向張安世，張安世低頭避開了他的目光，劉詢心中淡嘆一聲，轉開了視線。

劉詢望著下面仍不停上奏磕頭的臣子，幾分茫然地想，誰說皇帝可以為所欲為？這個位置上的人，因為顧忌太多，不但不能為所欲為，反倒處處受制。

正當眾人七嘴八舌地一再述說古代廢愚立賢的典故，孟玨突然滿臉自責地跪倒在地，大呼：「臣有罪！」

劉詢的心在他的「有罪」聲中安定了下來，問道：「愛卿自入朝為官，只聞愛卿的賢舉，從不聞有失檢點之為，何來有罪一說？」

孟玨磕頭奏道：「臣身為人師，卻誤教子弟。誤了平常人，最多讓朝堂少了一個棟梁，可誤了太子，卻會禍及天下，臣不但有罪，還罪該萬死。」

「此話怎講？太子的功課，朕和眾位卿家曾一同查考過，愛卿教得很好。」

雋不疑他們也都點頭。劉奭在經文詩賦方面的表現十分突出。

「有一日臣想給太子講述賢君、暴君的故事，教導他學賢君、厭暴君。臣先講賢君，然後又給他講述商紂王小時候的故事，希望他藉此明白小時的善惡會影響大時的賢昏，臣講述到一半，還沒來得及批評紂王所行，身體突感不適，怕有犯殿下，所以匆匆請求退避。本想著第二日繼續將故事講完，可臣……臣竟然忘記了，紂王的故事就只講了一半，又是混在賢者的故事中，殿下年紀尚小，還未懂分辨，只會照著先生講述的去做。臣……臣罪該萬死！」孟玨說著，砰砰地磕頭。

幾位大臣如釋重負地吁了口氣，原來並非劉奭本性殘暴。

張安世跪了下來，一面磕頭一面陳述太子的善行，比如對待大臣謙恭有禮，恪己安人，小小年紀就知道每日去長樂宮給上官太皇太后請安，有這些行為的人怎麼會是本性殘暴的人呢？

劉詢又以父親的身分，讚了幾句劉奭日常瑣事上溫良敦厚的表現。

雋不疑等人都沉默了下來。

劉詢見此，想著再說幾句場面話，就可將此事暫且拋開了。不料田廣明卻不依，雖不再彈劾太子惡行，卻將矛頭對準了孟玨，「孟太傅自責的話很有道理，太子師關係著天下萬民的安康，孟太傅卻如此草率唐突，此次幸虧發現得早，尚來得及教導、糾正太子，可下次呢？孟太傅還會忘記什麼？會不會待我等發現時，已經大錯鑄成，悔之晚矣？到時候大人真是萬死都不足矣！臣認為孟大人實難擔任皇子師一職，泣奏皇上為了江山社稷，務必嚴懲孟玨，另選賢良。」

孟玨現在是待罪之身，只能一聲不吭地跪在地上，等候裁決。

眾人本以為孟玨是霍光的女婿，霍光應該會幫他開解一下罪行，不想霍光低著頭，垂目端坐，好似和他完全無關。

張賀跪了下來，張安世未等他開口，就急急開始替孟玨辯解求情，可田廣明言詞犀利，此事又本就是孟玨失職，張安世辯解的聲音越來越軟弱無力，田廣明越來越咄咄逼人，大有孟玨不死不足以謝天下的樣子。

劉詢猛地拍了下龍案，制止了他們的爭吵，揚聲下旨：「孟珏身為太子師，未盡教導之責，本需嚴懲，念其向來克己守責，暫從寬發落，廷杖四十。杖後繼續留用，以觀後效。」

田廣明仍滿臉憤怒不平，但皇上已經宣旨准了他懲罰孟珏的奏請，他也不好再說什麼，只能磕頭高呼：「陛下聖明！」

廷杖之刑就是當著文武百官的面杖打，與其他刑罰相比，廷杖的本來用意不在「懲」，而在「辱」。不過因為孟珏所犯罪行惡劣，所以四十下的廷杖，算是既「辱」又「懲」了。

百官靜靜站在殿前廣場上，觀看行刑。按照法典規定，司禮監命人將孟珏雙手綁縛，把衣袍脫捋到腰部，裸露出背脊，然後命他面朝大殿跪下，由專門訓練過的壯漢杖打背脊。壯漢拿出一截長五尺、闊一寸、厚半寸的削平竹子，司禮監一聲令下後，他用足力氣打了下去。

一般人受杖刑，總免不了吃痛呼叫，或看向別處轉移注意力，藉此來緩和疼痛。可孟珏竟神情坦然自若，微閉著眼睛，如同品茶一般，靜靜感受著每一下的疼痛。「啪、啪」杖刑聲中，有人幸災樂禍地瞇著眼睛仔細觀看，有人卻生了兔死狐悲的心思，宦海沉浮，今日雖是孟珏，他日難保不是自己。

四十下杖刑打完，孟珏背上皮開肉綻、鮮血淋漓，可人卻高潔不損，依舊雅致出塵，神志看著也還清醒。七喜匆匆跑來，替他解開縛手的麻繩，掩好衣服，命人送他回府。

孟珏被送回孟府時，神志已有些渙散，孟府的人看到他這個樣子，一團鬧鬨。

許香蘭聞訊，忙跑來探望，一見孟珏背上的血跡，就哭了起來。

三月剛把幾個哭哭啼啼的丫鬟轟出去，沒想到這會兒又來了一個，可又不敢轟這位，只能軟語相勸：「二夫人不必太擔心，公子只是受了些皮肉外傷。」

許香蘭看三月想幫孟玨脫去衣服，擦拭一下身體後上藥，一面忍著哭泣，一面上前想要幫忙，可她一個尋常人家的女子，何曾見過這樣的場面，衣服剛拿開，看到背上皮開肉綻的樣子，她猛地一驚，失了力道，拽疼了傷口，孟玨微哼一聲，臉色發白，三月一把就將許香蘭推開，又立即醒起不對，賠著笑說：「夫人還是出去吧，這些事情奴婢來做。」

三月一邊清理傷口，一邊納悶。一般人受杖刑四十下，傷成這個樣子不奇怪，可公子練武多年，怎麼沒有用內力去化解杖力？竟像是實打實地挨了每一杖。

三月拿出府中的祕藥，正想給孟玨上藥，他聞到藥香，清醒了幾分，低聲說：「不用這個。」三月以為孟玨有更好的傷藥，忙俯下身子聽吩咐，不料他閉眼說：「把傷口清理乾淨，包紮好就行了。」

三月呆住，懷疑自己聽錯了，「公子？這次傷得可不輕！不用藥，傷口好得慢不說，還會留下疤痕，就是那股子疼痛也夠受的，可是會日夜折磨著……」

孟玨睜眼看了她一眼，三月心中一顫，立即閉嘴，咬了咬唇，說：「是！」把藥扔到了一旁。因為沒有用藥止痛，包紮傷口時，三月咬得嘴唇出血，才能讓手一點不抖地把傷口包紮好。

一切弄完後，三月小聲問：「公子，疼得厲害嗎？」

孟玨神情黯然，眼中流轉著太多三月看不明白的東西，半晌後，沒有說話地閉上了眼睛。三月默默行了一禮後，退出屋子。

傍晚時分，富裕帶著一堆宮裡的補品來看孟玨，見面就給孟玨磕頭，孟玨忙命人拽他起來，他硬是磕了三個頭後才起身，「這是皇后娘娘命奴才代殿下給大人磕的頭。」

孟珏說：「你回去勸皇后娘娘不要責備殿下，更不要自責。」

富裕眼圈有點紅，「皇上朝娘娘發了一頓火，責問娘娘如何做母親的？竟然讓兒子學紂王，雖然皇上怒火平息後，又勸慰、開解娘娘，可娘娘覺得全是她的錯，奴才們怎麼勸都不管用。」

孟珏想了瞬說：「你若方便，不妨請雲歌進宮去看看皇后娘娘。」

富裕立即反應過來，點頭應好。

雲歌進椒房殿時，許平君在抹眼淚，劉奭被罰跪在牆角，想是已經跪了很久，小人兒的臉色發白，身子搖搖晃晃，可仍倔強地抿著嘴，一句求饒的話都不肯和娘說。

雲歌坐到許平君身前，「妳想罰他跪一晚上嗎？」

許平君眼淚流得更急，「其實該罰跪的是我，都是我沒有教好他，見他所行不端，也就責罵幾句，沒有嚴厲管教。」

雲歌招手讓劉奭過去，「虎兒，到姑姑這邊來，姑姑有話和你說。」

劉奭看向母親，許平君瞪著他說：「怎麼現在又知道聽話了？早前幹什麼去了？」看到兒子蒼白的小臉，終是不忍，冷著聲音說：「過來吧！」

劉奭想要站起來，雙腿卻早已痠麻，富裕忙彎身半抱半扶地將他帶到雲歌身邊。雲歌把他攬進懷裡，一面幫他揉腿，一面笑著說：「其實姑姑小時候也捉鳥玩的。」

劉奭斜斜看了母親一眼，抱住雲歌的胳膊，「姑姑的娘可責罰姑姑？」

雲歌笑：「我捉鳥的本事就是娘教的，你說我娘可會責罰我？我爹還捉了兩隻大鵰陪我玩呢！」

劉奭羨慕地看著雲歌，「姑姑的娘真好！」

「對了，你是如何知道玩鳥的法子？」

「是娘娘告訴……」劉奭猛地閉上了嘴巴。昭陽殿內的娘娘是他的祕密。母親總是不許他接近昭陽殿，可母親越是不許，他越是好奇。裡面住著什麼樣的怪物？會吃人嗎？當他發現昭陽殿內住著的不但不是怪物，反而是個美麗溫柔的娘娘，不但沒有吃他，反而常常教他很多很好玩的事情，他漸漸喜歡上了去找娘娘玩。娘老是這不許，那不許，可娘娘會溫柔地笑著，讓他做任何他想做的事情。娘娘說了，這是他們之間的祕密，他是個男子漢，肯定會信守諾言，誰都不告訴！

許平君面色突變，雲歌朝她打了眼色，繼續笑著說：「雖然睡在宮女兜的毯子裡十分舒服，但姑姑知道更好玩的睡法。」

劉奭看娘和姑姑都沒有留意到他的嘴誤，放下心來，趕著問雲歌：「什麼法子？什麼法子？姑姑快告訴虎兒。」

「其實這個法子娘娘也知道的，她怎麼沒有告訴你呢？我以為她早告訴你了。」

劉奭嘟起了嘴，「妳胡說！娘娘最喜歡虎兒了，什麼祕密都告訴我！」

雲歌搖頭，不相信地說：「可是娘娘真的知道呀！不信你去問她。」

「好！我明天就去昭陽殿問。」

許平君盯著兒子，臉色發青，舉掌就想打，雲歌按住了她的手，對富裕吩咐：「帶殿下下去，用熱水給他泡個澡，再揉揉腿。」

太子剛出殿門，許平君哭著說：「妳幹什麼攔著我，這個逆子竟然認賊做親！我和他說了多少遍，不許他接近昭陽殿，他竟然一句不聽。妳看看他維護她的樣子，竟然把親娘當成了外人！他爹今日罵我時，他明明在場都一聲不吭。」

雲歌無奈地說：「怎麼人一旦長大就會忘記自己小時候是什麼樣子了呢？姐姐小時候有沒有過父母一再阻止，妳卻非要做的事情呢？甚至父母越阻止，妳就越想做？難道姐姐小時候就把所有的事情都告訴父母嗎？姐姐難道沒有自己的祕密嗎？反正我是有的。」

許平君愣住。她如何沒有呢？那時候娘拚了命地阻止她找病已玩，她卻總是偷偷地去。娘不許她戴紅花，她卻總會一出門後，就在辮子上插一朵紅花，進門前又偷偷取下藏好。

「姐姐想阻止虎兒和霍成君來往是不可能的，都在未央宮中，只要霍成君有心，處處都是機會，而且姐姐越阻止，虎兒只怕越想和霍成君親近。」

「難道就沒有辦法了嗎？」

「有！姐姐把自己和霍成君的恩怨告訴虎兒，妳是他娘，他若知道這個人是欺負他娘的，不管霍成君對他多好，他也會疏遠防備她。」

許平君搖頭不同意，「他還那麼小，怎會懂？何況我也不想讓他這麼早就知道這些汙穢的事情。」

「小孩子遠比大人想像的懂事，妳仔細想想妳小時候，只怕年紀很小時，人情冷暖就已明白了。」

確如雲歌所說，當母親以為她還什麼都不懂的時候，她就已經知道母親對她的厭惡了，甚至直到現在，她仍記得三歲那年的新年。母親在廚房燉肉，她和哥哥們在外面踮著腳尖等。肉煮好後，他們歡天喜地地跑進了廚房，母親將肉分放在幾個哥哥碗裡，卻只給她盛了一碗湯。從那後，母親煮肉時，她再也不在外面等。許平君嘆氣，「虎兒和我不一樣，他有這麼多疼愛他的親人。」

雲歌很嚴肅地說：「姐姐，自妳做皇后開始，他就不是一般的孩子了，他身上連帶著許多人的命運。孟玨、張賀他們都先不說，只許家就有多少人？一榮俱榮，一損俱損，若虎兒……許家也會連帶著……」雲歌輕嘆了口氣，「姐姐的心思我都明白，哪個做娘的不想孩子無憂無慮、快快樂樂地長大呢？可是虎兒註定不能像一般孩子那樣長大了，一般孩子的快樂天真只會成為別人害他的武器，姐姐越是愛護他，反而越是該讓他早早明白他身處的環境。」

許平君呆呆地望著雲歌，好一會兒後，說道：「我懷著他時，曾想著要把我所沒有得到過的全部彌補給他，他會成為世間最幸福快樂的孩子。為什麼會變成了這樣呢？」

雲歌握住了她的手，微微笑著，笑容下卻全是心酸，「因為他要做皇帝，老天會將整個天下給他，同時拿走他的全部人生。」

許平君俯在雲歌肩頭，默默落淚。

雲歌將一塊絹帕塞到她手裡，「姐姐，在虎兒學會保護自己之前，妳是這未央宮中他唯一可以倚靠的人。」

許平君將眼淚擦去，「知道了。最近我掉的眼淚太多，做的事情卻太少。」

劉奭好似幾夕之間就長大了，他看人的目光從好奇變成了探究，舉止間有著和年齡絕不符合的穩重。以前他總喜歡在宮裡跑來跑去，忙著尋幽探祕，屋宇繁多的未央宮在他的眼中是一個大的遊樂場所；現在他喜歡避開所有人，靜靜坐在一個地方，默默看書，看累了，就支著下巴眺望遠處。

他小小的眉眼間究竟在想著什麼，沒有任何人能知道。以前劉詢若長時間不去椒房殿看他，他就會去看爹爹，膩在爹爹身邊戲耍，有時候也許是宣室殿，有時候也許是別的娘娘們的宮殿；現在他總喜歡牽著父皇的手去椒房殿，讓父皇教他這，教他那。以前他對孟玨恭敬，卻不親暱，因為孟玨從未像別的親戚長輩那樣抱過他，也從不逗他笑、陪他玩，孟玨只是溫和地微笑，微笑下卻讓他感覺到遙遠；而現在他對孟玨敬中有了親，那種親不是抱著對方胳膊撒嬌歡笑的親，而是心底深處一塊毫無保留的信任和仰慕。

「奭兒，怎麼拿著冊書，卻在發呆呢？怎麼好長一段時間沒來找我玩？」霍成君笑吟吟地坐到劉奭對面。

劉奭覺得秋日的燦爛陽光好似全被遮住。他站起，一面向霍成君行禮，一面說：「先生布置的功課很重，兒臣要日日做功課。」

霍成君看他頭上有幾片落葉，伸手想把他拽到身邊，替他拿掉，可劉奭竟猛地後退了兩步。畢竟年紀還小，舉動間終是露了心底的情緒。

霍成君笑容僵了一僵，微笑著縮回了手，帶著估量和審查，凝視著劉奭。

張良人和公孫長使同來御花園散心，兩人因喜歡清幽，又想單獨說些話，所以專揀僻靜處行走，不料看到霍婕妤和太子殿下同坐在樹下，迴避已是來不及，只能上前給霍婕妤請安。

霍婕妤笑看了眼公孫長使微隆的腹部，心如針刺，劉詢對她近乎是專寵，可她的肚子無一點反應，劉詢幾個月裡只去過一次公孫長使處，她竟然就懷孕了。

「坐吧！妳是有身子的人，不用守那麼多規矩。」

公孫長使侷促不安地站著，不敢坐。霍成君眼中隱有不屑，側頭看向張良人，笑命她坐，「宮裡的一切可都習慣？」

張良人因為出身於大家族，行動間自多了幾分落落大方，笑扶著公孫長使坐下，自己坐到她身側，「回娘娘的話，一切都習慣，就是覺得沒家裡自由自在。」說著自己先笑起來。

霍成君笑著點頭，與她談論起以前閨閣中的舊事，公孫長使對這些貴族小姐的消遣一竅不通，半句話都插不上，只能靜靜地坐著。她看劉奭時不時看一眼她的腹部，有些不好意思，雙手放在了腹部上。霍成君含笑問劉奭：「就要有弟弟了，殿下可開心？」

劉奭盯著公孫長使問：「是弟弟嗎？」

公孫長使笑回道：「不知道。不過我倒希望是個女孩子，可以把她打扮得漂漂亮亮地陪我。」

劉奭一下高興起來，「妹妹若像娘娘，一定很美麗，到時候我也要帶妹妹玩。」

公孫長使也開心地笑起來，「謝謝殿下的吉言。」

兩個嬤嬤提著食盒過來，給眾位娘娘請安後，笑對張良人說：「娘娘真讓我們好找！轉遍了御花園才尋到這裡。」

張良人站起來接過食盒，「這是我命御廚按照家中的食譜做的幾樣點心。」

一個小宦官也尋了過來，劉奭起身告退。霍成君笑叫住他，「一起吃幾塊點心再去讀書。」

劉奭回稟：「兒臣要回去做功課了。」

「吃幾塊點心耽誤不了你的功課，快過來！」

張良人也笑說：「很好吃的，殿下嚐嚐吧！」

劉奭低聲對宦官吩咐：「去找我師傅。」說完後，轉身回去。

張良人親手選了塊最好看的點心遞給劉奭，劉奭握著點心不動，只看著公孫長使將一塊杏仁糕幾口吃完。

公孫長使有些不好意思，笑著解釋，「最近變得有些挑嘴，那日在張良人那裡吃了兩塊點心，竟一直嘴饞得不能忘，所以張姐姐特意命御廚做給我。」

「原來我們都沾的是長使的光。」霍成君挑了塊桃酥放進嘴裡，又好似隨手地拿了塊給張良人，張良人本想拿杏仁糕的，但霍成君已經遞到眼前，只能先放下手中的，笑著接過桃酥。

「手裡的點心不愛吃嗎？那嚐嚐別的。」霍成君撿了塊杏仁糕給劉奭，劉奭接過後，卻一直不吃，霍成君笑說：「嚐一嚐！」

公孫長使剛吃完第二塊杏仁糕，也笑著說：「殿下，很好吃的。」

劉奭緊握著點心，越來越著急。

「太子殿下！」

一聲充滿了責備的叫聲，卻讓他頓時輕鬆。劉奭立即扔下點心，撲向孟玨，又猛地頓住腳步，恭敬地行禮：「先生。」

孟玨神色不悅：「功課做完了嗎？」

「還沒有。」

「那還在這裡戲玩？」

張良人忙道歉：「都是本宮的錯，請孟大人不要責罰殿下。」

孟玨什麼都沒有說，微笑著行禮後，牽著劉奭告退。霍成君看著兩人的背影，手裡的桃酥斷成了幾截。

師徒兩人回到石渠閣後，孟玨微笑著問：「誰叮囑過你這些事情？」

孟玨的話沒頭沒尾，劉奭卻很明白，回道：「太皇太后。太皇太后有一日給我糕點吃，我就吃了。太皇太后卻很不高興，要我發誓，無論發生什麼，都不許喝和吃任何娘娘給的東西，後來我告訴了娘，娘還親手繡了一雙鞋給太皇太后。」

孟玨倒也沒顯得多驚訝，微微點了下頭，說：「今天的事情不要再提起了，明天去給太皇太后磕頭請安時，記得要多磕一個。」

劉奭沒聽懂孟玨的話，只隨口「嗯」了一聲，跑到桌前，打開竹簡開始誦書。

半夜裡，劉奭正睡得香甜時，聽到外面吵吵嚷嚷的聲音，忙爬到窗戶前，只看母后正匆匆整理衣裝，一個侍女跪在殿門外邊哭邊奏：「長使娘娘晚上睡下時還好好的，可半夜裡突然就嚷肚子疼，現在流血不止。」

「皇上可知道了？」

「皇上在昭陽殿。昭陽殿的總管說皇上已經歇息，不准奴婢入內驚擾。」侍女說著又開始給母后磕頭，「奴婢求皇后娘娘救長使娘娘一命，奴婢願意來生做牛做馬……」

母后打斷了她的話，「趕緊回去守著公孫長使，別在這裡說胡話。」又對富裕說：「傳本宮旨意，命太醫立即進宮，若有怠慢的，本宮嚴懲！」富裕轉身要吩咐底下人去宣旨，母后嚴厲地說：「你親自去辦！」

富裕應了聲「是」，撒開雙腿就跑出了椒房殿。

母后吩咐完一切後，帶著人趕去玉堂殿。椒房殿安靜下來，只幾個守夜宮女立在殿門前，小聲說著什麼。

劉奭縮回榻上，拉起被子蒙住了頭。

清晨，未等母后來喚他起床，他就洗漱停當，出了椒房殿，先去長樂宮給太皇太后問安。太皇太后還未起身，他就在殿外「咚咚」地磕了三個頭，惹得已經熟稔的橙兒掩著嘴偷笑，「殿下今日的頭磕得可真實誠！」

他沒有像往常一樣笑著回嘴，一個骨碌爬起來，跑去了石渠閣，翻開孟珏布置給他的功課，大聲地朗誦著，「子曰：『不仁者，不可以久處約，不可以長處樂。仁者安仁，知者利仁。』子曰：『唯仁者能好人，能惡人。』子曰：『苟志於仁矣，無惡也。』子曰：『富與貴，是人之所欲也，不以其道得之，不處也。貧與賤，是人之所惡也，不以其道得之，不去也。君子去仁，惡乎成名？君子無終食之間違仁，造次必於是，顛沛必於是。』子曰：『我未見好仁者，惡不仁者。好仁者無以尚之，惡不仁者其為仁矣，不使不仁者加乎其身。有能一日用力於仁矣乎，我未見力不足者。蓋有之矣，我未之見也。』子曰……」

在一遍又一遍的反覆誦讀中，在一個又一個的「子曰」中，他努力尋找著可以相信和追求的東西。

「先生？」

劉奭急急擦去眼角的淚，站了起來，有些手足無措的尷尬。師傅不知何時到的，沒有叫他，只靜立在窗下，聽著他的誦書聲。

孟玨好似什麼都沒有看到，微笑著說：「今日我們不做書籍上的功課，我們去爬山，看看書籍外的風光。」

「好。」

劉奭掩好書，跟在孟玨身後，亦步亦趨。當爬到山頂，劉奭終於沒有忍住地問：「先生，父皇聰明嗎？」

「很聰明。」

「父皇……父皇會像書籍上的皇帝那樣很喜歡很寵愛一個妃子嗎？」

「不會。」

聽到先生絕對肯定的語氣，劉奭如釋重負，小小年紀，竟然眺望著遠方，長長地吁了口氣。

——雲中歌〔卷五〕恨酬江山月　卷終

雲中歌
卷五
恨酬江山月

茶蘼坊 17

作　　者　桐華

總 編 輯　張瑩瑩
主　　編　蔡麗真

責任編輯　吳季倫
校　　對　仙境工作室
美術設計　yuying
封面設計　周家瑤
行銷企畫　黃煜智、黃怡婷

社　　長　郭重興
發行人兼出版總監　曾大福
出　　版　野人文化股份有限公司
電子信箱：service@sinobooks.com.tw
發　　行　遠足文化事業股份有限公司
地址：231新北市新店區民權路108-3號6樓
電話：（02）2218-1417　傳真：（02）8667-1065
電子信箱：service@sinobooks.com.tw
網址：www.sinobooks.com.tw
郵撥帳號：19504465　戶名：遠足文化事業股份有限公司
客服專線：0800-221-029
法律顧問　華洋國際專利商標事務所 蘇文生律師
印　　製　成陽印刷股份有限公司
初　　版　2012年1月

定　　價　220元
I S B N　978-986-6158-69-8

歡迎團體訂購，另有優惠，請洽業務部（02）2218-1417分機1120、1123

國家圖書館出版品預行編目資料

雲中歌〔卷五〕恨酬江山月 / 桐華　著
-- 初版. -- 新北市：
野人文化出版：遠足文化發行，2012.1
224面；15 × 21公分. --（茶蘼坊；17）

ISBN 978-986-6158-69-8（平裝）

857.7　　100020551

廣　告　回　函
板橋郵政管理局登記證
板橋廣字第143號

郵資已付　免貼郵票

23141
新北市新店區民權路108-3號6樓
野人文化股份有限公司 收

野人

請沿線撕下對折寄回

野人

書名：雲中歌〔卷五〕恨酬江山月　　書號：0NRR0017

野人

野人文化
讀者回函卡

姓　名　　　　　　　　　　　　□女 □男　　生日

地　址

電　話 公　　　　　　　宅　　　　　　　手機

Email

學　歷 □國中(含以下) □高中職　□大專　□研究所以上
職　業 □生產/製造　□金融/商業　□傳播/廣告　□軍警/公務員
□教育/文化　□旅遊/運輸　□醫療/保健　□仲介/服務
□學生　□自由/家管　□其他

◆你從何處知道此書？
□書店　□書訊　□書評　□報紙　□廣播　□電視　□網路
□廣告DM　□親友介紹　□其他

◆你通常以何種方式購書？
□逛書店　□網路　□郵購　□劃撥　□信用卡傳真　□其他

◆你的閱讀習慣：
□百科　□生態　□文學　□藝術　□社會科學　□地理地圖
□民俗采風　□休閒生活　□圖鑑　□歷史　□建築　□傳記
□自然科學　□戲劇舞蹈　□宗教哲學　□其他

◆你對本書的評價：（請填代號，1. 非常滿意　2. 滿意　3. 尚可　4. 待改進）
書名_____封面設計_____版面編排_____印刷_____內容_____
整體評價_____

◆你對本書的建議：